私立シードゥス学院Ⅲ

小さな紳士と秘密の家

高里椎奈

角川文庫
22964

Sidus Independent School III

CONTENTS

イラスト／ごもさわ
CHARACTERS
瀬尾　せお
《青寮《カエルレウム》》寮長の4年生。年齢の割に落ち着いた性格。
弓削幸希　ゆげ・こうき
学院から学費の援助を受けて学ぶ奨学生《バーサリー》。天真爛漫な性格。
日辻理央　ひつじ・りお
一般生。家族が代々学院の卒業生。背が高く、ノーブルな性格。
獅子王琥珀　ししおう・こはく
故郷を離れ身元保証人《ガーディアン》の元から入学した越境生《ウォード》。真面目な性格。

第一話　君がいるから

問一

犯人は毒の瓶を開けました。
食べ物に一滴、これを口にすれば恐ろしい事が起きるに違いありません。
犯人がニヤリと笑って言います。
「ありがとう」
しかし、倒れたのは犯人の方でした。
何故でしょう？

1

高い空に羊の群れが浮かんでいる。

もくもくと丸い雲が身を寄せ合って東から西へゆったりと移動する様《さま》に眠気を誘われる。前髪を撫《な》でる風はまだ爽《さわ》やかだが、羊雲は雨の前兆だ。重い瞼《まぶた》を閉じると、栗の香りが微《かす》かに鼻を突いた。

「獅子王《ししおう》。前向け、獅子王」

「日辻《ひつじ》」

友人の名を呼び返してから、獅子王は自らの状況を思い出した。

「外に面白いものでも見えたか？　獅子王一年生」

頭上から降ってくる朗らかな声。

「明日《あした》は雨が降りそうです、吉沢《よしざわ》生徒会長」

「観察した事象を知識と照合して結論を導き出す。大変結構だが、君はラテン語の授業中だ」

分厚い辞書が獅子王の頭に載せられる。背表紙の端から見上げると、吉沢が悠然と微笑む後ろで教師が苦々しく嘆息した。

私立シードゥス学院。全寮制で一日二十四時間が効率的な学習の為に構成された本校では、科目ごとに授業内容と生徒に合った形式が用いられている。

特にラテン語は入学まで触れた事のない生徒が多く、徹底した少人数クラスに加えて、監督生《プリフェクト》と呼ばれる五年生の代表者がサポートに付いた。

監督生は優秀な生徒から選出され、どの学校でも下級生の面倒を見る役目を担うが、シードゥス学院では生徒会役員を兼任する。校外とも交流を持ち、授業を教える側にも回る彼らは、一年生の獅子王から見れば生徒というより教師陣に近い。

「動詞の位置を感覚で置く癖が出ている。sunt は後ろに続けると事実を示す。この問題は存在を表すのだから、sunt は名詞の前に書かなくてはならない」

「『ある』と『いる』の違いが分かりません。どちらも存在であり事実では？」

「成程。ラテン語ではなく言語理解の部分で躓《つまず》いているのだな」

吉沢が腰に手を当てて上体を屈《かが》める。

「よかろう。お絵かきの時間だ」

学院には暗黙のルールがいくつもあった。

教師の急な休みの理由を尋ねないマナーから、寮対抗戦の前は他寮の生徒と接触を減らす慣習、晴れの日に「いい雨だ」と言われたら「パンがうまい」と返す謎の挨拶《あいさつ》。発祥や意味の不明なものも多く、獅子王もまだ数えるほどしか知らない。

「何かの隠語ですか？」

文脈から察するに、ペナルティか説教か。

獅子王が率直に尋ねると、吉沢は口の両端を大きく引き上げた。

「慎重さは学院で生き抜くのに役立つ。だが、お絵かきは言葉通りのお絵かきだ」

「ぼくは絵が下手です」

「黄寮長の話では、絵が苦手な奴は技術か観察か想像力が足りないらしい。この勉強法に技術は必要ない。青寮長から獅子王は観察が得意だと聞いている。あとは不足を補う想像力だけだ」

「勉強法？」

「そう」

吉沢が椅子を引き寄せて、獅子王の席の側面に座る。彼は手にしたプリントを裏返すと、林檎《りんご》らしき絵を描いて、隣にハートマークを添えた。

「これを日本語で文章にすると？」

「『林檎が好き』です」

「じゃあ、次はラテン語で」

吉沢は続いて、野いちごらしき絵とハートマークを描く。野いちごは先週の授業で習った。私は好きであると言うには語尾に『amo』を付ければ良いはずだ。

「『arbutum amo』でしょうか」

「遅い」

間髪を容《い》れず吉沢が首を振る。

「日本語は絵から直接、文章に出来ている。一方で、ラテン語は絵から日本語、日本語からラテン語に変換するからタイムラグが発生した」

「言われてみれば……そうです」

獅子王の脳内では確かに日本語を経由した。一手間余分な事は否めない。

吉沢が印刷された文字の様に綺麗《きれい》な筆跡でラテン語を書き連ねた。

「言語を映像で捉《とら》えて、映像を言語に落とし込む。その鍛錬の『お絵かき』だ」

「理解しました」

少人数制で、サポートの監督生がいる恩恵はこういうところで顕著に表れる。獅子王はノートを捲《めく》って白紙のページを開き、鉛筆を握って構えた。

『canis amamus』

吉沢が書いた一行目。日本語を通さないよう、単語のイメージを絵に写し取る。

獅子王は逆三角形に三角形の耳を二つ描き加えた。円《つぶ》らな瞳《ひとみ》、鼻は顔のどの辺りにあったか。鼻を下に描き過ぎて口を描くスペースがなくなったので、目と鼻の間に滑り込ませておく。

横長の胴体に脚を四本。尻尾《しっぽ》と脚の見分けが付き難《にく》くなったが、大体位置で分かるだろう。見返してみると鼻がなくなっていた為、目と目の間に黒丸を入れた。

（amamus　だから、いっぱい）

今しがた完成した絵の周りに縦長の楕円《だえん》を並べて囲む。点を三つ入れれば人間と分かるだろう。数人に眼鏡の二つ丸を足したのはちょっとした獅子王の親切心である。

「出来ました」

日本語を通さずに描けた自信がある。獅子王が顔を上げると、吉沢が絵に刮目《かつもく》して数秒後、片方の眉《まゆ》を下げて破顔した。

「君は正直者だな」

「？　ありがとうございます」

「その調子でどんどん行こう。慣れこそものの上手なれ」

「はい」

授業時間が終わる頃には獅子王のノートは絵で隙間なく埋まり、思考が解放されるような清々《すがすが》しい感覚が残った。

「吉沢さん、ありがとうございました」

「少しは仲良くなれそう？　ラテン語と」

「頭に近道が出来たかもしれません」

「いい調子だ。あ、それと」

吉沢が言いかけた時、教室の入口の方から元気な声が割り込んだ。

「理央《りお》、獅子王、昼飯行くぞー！」

クラスメイトの弓削《ゆげ》がふわふわした髪を躍らせて飛び跳ねる。別教室で授業を受けていた彼らのグループも休み時間に入ったらしい。

「声が大きいよ、幸希《こうき》。まだ先生も先輩もいらっしゃるんだから」

「あっ、すみません」

日辻に叱られて、弓削が首を竦《すく》める。日辻が一緒になって頭を下げたので、獅子王も何となく吉沢に目礼した。

吉沢が愉快げに笑って椅子を引く。

「ちょうど、その話をしようとしていたところだ」

彼が獅子王を促して席を立つと、日辻も小走りに駆け寄って戸口で合流する。吉沢は三人を視界に収めて、うんと頷《うなず》いた。

「今日の昼は学食が使えなくなった。講堂でランチボックスを配るから、そっちで受け取って空き教室か庭で食べてもらいたい」

「それで皆、反対に歩いているんですね」

日辻の言う通り、廊下の生徒は学食とは逆方向に流れている。教室内で教師が生徒を呼び止めているのもその通達だろう。

「人数分、用意してあるから焦らなくていい。昼休みも十五分延長される予定だ」

「何弁当ですか？」

「見てのお楽しみ」

目を輝かせた弓削を、吉沢が勿体《もったい》付けた含み笑いではぐらかす。

獅子王には弁当の残数より中身より気になる事があった。

「調理機器の故障ですか？」

全寮制のシードゥス学院では三食が学食で賄われる。工事や点検だとしたら授業中に行われそうなものだが、今日は朝食から様子が奇妙《おか》しかった。

日々の朝食はメニューがほぼ固定で保温ケースにオムレツ、ソーセージ、ベーコン、温野菜とマッシュルーム、卵焼き、鮭、豆腐が並ぶ。主食はパンと白飯とシリアルから選び、牛乳を始めとする飲み物とヨーグルトが添えられた。

ところが、今朝は温かい料理が一品もなかった。

「朝もシリアルとヨーグルトとバナナしかなかったよな」

「心配せずとも夕飯は学食で食べられる。さあさあ、数があるとは言え、急がないと献立の選択肢が減るぞ」

「大変だ。行こう」

弓削が慌てて二人の腕を引っ張る。

「俺は何でもいいよ」

「余裕ぶって、納豆とオクラとモロヘイヤしか残ってなかったら理央、泣くだろ」

「ないよ……」

日辻は呆《あき》れた風に答えたが、彼の足は抵抗を止めて前に出る。

「獅子王も早く」

「吉沢さん、失礼します」

獅子王が引きずられながら挨拶《あいさつ》をすると、吉沢は手を振って一言、

「噂を鵜呑《うの》みにするなよ」

声を掛けてから、自嘲《じちょう》するように笑顔を顰《しか》めた。

2

学院は小さな街に匹敵する。街のミニチュアと言っても良い。

全校生徒が少人数制の授業を受けられる数の教室があると聞けば、校舎の規模は学院外の人でも大凡《おおよそ》想像が付くだろう。

加えて図書館や博物館、ホール、体育館、グラウンド。生活に役立つ郵便局、売店などが校内に点在する。

寮は施設の間を縫うように配置されており、校舎と目と鼻の先に建てられた寮もあれば、遠く林の中に佇《たたず》む寮もあった。そんな利便性特化でない偏りが街の色を濃く感じさせるのかもしれない。

因《ちな》みに、獅子王らの所属する青寮《カエルレウム》は外郭寄りにある為、早起きを余儀なくされるが周辺はとても静かだ。何処も一長一短だろう。

講堂は敷地の中央区に位置する。どの教室からも大差なく集まれる距離とあって、全校生徒が集中して列がエントランスの外まで溢《あふ》れていた。

「うわ、昼休み中に受け取れるの？」

弓削が早速、辟易《へきえき》とした声を出す。長身の日辻が背伸びをして前方を見渡した。

「昼休みを十五分延長とは言われたけど、列が動いてないね」

時間に余裕はあると言った吉沢が、同じ口で急《せ》かすような物言いをしたのが引っかかっていたが、混雑を予想しての事かと獅子王は勝手に納得する。

日辻が嘆息して獅子王と弓削を前に並ばせる。列には見知った顔もあり、向こうもこちらを見て苦笑いを返した。

「お疲れー」

トイプードルを想起させる癖毛が愛らしい、青寮生の水島《みずしま》だ。弓削が調子良く手を差し出すと、水島は付き合い良く手の平で打ち鳴らし返した。

「十分前から並んでるけど、ずっとこうだよ」

「教室で配った方が速かった説ある」

弓削が鼻息を荒くすると水島は間髪を容《い》れず、

「配る人の人件費がない説」

「お詰めスィートだなあ、弓削は」

隣からやはり青寮生の島野《しまの》が茶々を入れる。

「並ぶしかないか」

という事は。獅子王の脳裏に過《よぎ》ったのと同じ考えが日辻の頭にも浮かんだらしい。

日辻が首を伸ばして、二人の前に並ぶ青寮生を目に留めた。

「野水《のみず》もお疲れ」

「マジで怠《だる》い」

上品な外見とは対極に、開口一番、野水が八重歯を覗《のぞ》かせて毒付いた。

水島、島野、野水は『何処から始めてもしりとり三重奏《トリオ》』と呼ばれ、青寮では主に上級生から一纏《ひとまと》めにされる事が多い。

獅子王らが列に加わると、ここだけいつもの青寮になった。

「待てる？　野水」

「飯食ってないの？　寝坊したのか？」

日辻の気遣いに弓削が質問を重ねる。野水は億劫《おっくう》そうに眉を顰《ひそ》めた。

「前の質問に答えてからにしろよ」

「ごめんって」

「登校前、売店に寄ったからまだ全然——そうだ」

野水が思い出したようにブレザーのポケットを探ると、チョコレートの箱が出てくる。彼は箱をスライドさせて開くと、金色の包み紙で個包装されたチョコレートを五人に一粒ずつ配った。

「朝飯の余り」

「助かる！」

昼食が待ちきれないのは弓削の方だったようだ。

「野水、ありがとう」

獅子王も金色の包み紙を開いて、艶《つや》やかな黒鳶色《くろとびいろ》のチョコレートを舌の上に載せた。

奥歯で嚙《か》み割ると冷えて固く、ほろ苦くて甘い味と香りが鼻の奥に広がった。空腹には堪《たま》らない癒《いや》しである。

野水が箱を振ると残り二粒が滑り出る。彼はハッと顔を上げて列から離れた。

「友達に用事」

「一人分、空けておこうか？」

「あっちで並び直すからいい」

野水は五人に手を振って背を向けると、北側の列に並ぶ生徒に声を掛けて、彼の手の平にもチョコレートを落とした。

「彼奴《あいつ》、見た事ある」

弓削が不躾《ぶしつけ》に凝視するのを、日辻が頭ごと回転させてやめさせる。

「猫川《ねこかわ》だっけ。対抗戦で緑寮《ウイリディス》と当たった時にいた」

「北《きた》小出身は寮が分かれても結束固いよな」

島野が見遣《みや》る先で、野水が親しげに猫川と肩を組んだ。

獅子王は越境入学者《ウォード》だから右を見ても左を見ても初対面の生徒だが、多くは地元小学校からの入学者である。それには学院の成り立ちが関係していた。

六世紀に開校した世界最古と言われるパブリックスクールは、地元の少年らに教育を施す目的で作られた。教会と併設されて、生徒は卒業後、神職に就く事になる、言わば養成学校の様なものだった。

　閉鎖環境に於けるいじめや体罰、暴動といった歴史に影を落とす暗黒期を経て、崇高な精神を持つ紳士を育てる学び舎《や》となった現代でも、地域で子供を育てる教育貢献の側面はなくなっていない。

　獅子王の様な学区外からの受験生は学区内に住居を持つ身元保証人《ガーディアン》と保護契約を取り交わし、一年乃至《ないし》二年間、準備学校に通う決まりがある。また、試験内容も一般生より難易度が高く設定されているらしい。

　シードゥス学院に入る為に、家族ごと学区内に引っ越す者もいる。彼らは学区内に実家があり、地元の小学校に編入して受験するので、入学する頃には他の一般生徒と変わりなかった。

　学院は地域の教育に力を入れながら、優秀な人材の移住にも一役買っている訳だ。

「弓削と日辻も小学校からの付き合い？」

　獅子王の問いに、弓削は元気良く、日辻は諦《あきら》め顔で頷《うなず》く。

「まあね」

「オレ達は海音《あまね》小。海音と菜椛《なかば》は人数多いよな」

　獅子王から見れば一括して地元民の彼らも、内実は分化しているようだ。

「それで思い出しちゃった。さっき菜椛出身の奴に聞いた話」

水島が俄《にわ》かに表情を曇らせる。九月からの付き合いでも青寮一年なら、彼が怖がりで顔色に出やすい事は知っている。

逸早《いちはや》く察知して弓削が日辻の背に隠れる。が、好奇心が隠しきれていない。

「何？　怖い話？」

陰から首を伸ばして尋ねる弓削に、水島は瞬《まばた》き三回分の間で迷って、金色の包み紙を爪で押し潰《つぶ》した。

「食堂使えなくなった理由、衛生問題かも――」

水島が声を潜めると、五人の輪が誰からともなく狭められる。水島は四人の顔をぐるりと一周見て囁《ささや》き声まで音量を落とした。

「食堂の入口にビニールカーテンが下がっていて、隙間から覗いたら白い作業服にマスクとゴーグルした人達が背中にタンクを背負って食堂中に霧を吹きかけてるのが見えたらしい」

「話だけ聞くと消毒作業に思えるけど」

「しかも其奴《そいつ》、先輩に訊《き》かれたって言うんだよ。『保健室に運ばれたって噂の生徒、知ってる？　菜椛の奴だろ』って」

水島が震え上がって、耐えきれないとばかりにその場で足踏みを始める。

「消毒、毒消し、毒？」

輪が崩れて不安が弓削に伝播《でんぱ》する。日辻と島野は発言を控えたが、顔付きは安堵《あんど》には程遠い。

獅子王は吉沢の忠告を思い出していた。

『噂を鵜呑《うの》みにするなよ』

伝聞に歪曲《わいきょく》は付き物だ。発信者がどれだけ正確に伝えたつもりでも、受信者がどれほど素直に聞いたつもりでも、空中で浮遊物と結合して化学変化したかのように、情報は欠け落ち、主旨すら捻《ねじ》れて伝わる。

だが反面、火のない所に煙は立たないとも言う。

「関係あるか分からないけど」

そして、噂は枝葉を広げる。

島野が手招きして四人を呼び寄せる。彼は口許《くちもと》に手を添えて、丸い目で辺りを気にしながら続けた。

「緑寮と赤寮《ルーフス》が今朝から揉《も》めてるみたい。緑寮長の久坂《くさか》先輩が赤寮長の緋山《ひやま》先輩に摑《つか》みかかっていくのを見たんだって」

「逆じゃないの？」

弓削と水島が髪質の異なる癖毛を一様に飛び跳ねさせる。

彼らが驚くのも無理はなかった。緑寮長と言えば微笑みの絶えない穏やかさが印象深い。短気で気位が高く腕に覚えがあるのは赤寮長だ。校内の誰に聞いてもそう答えるに違いない。

情報の糸が絡まって転がって落ち葉を巻き込んでいる。獅子王は頭の中で余分な要素をひとつずつ丁寧に取り除いた。

「暴力は一先《ひとま》ず傍に置いて、五つの寮長同士は常から対抗心があるようだ。食堂も端《はな》から今日が清掃日だったのかもしれない」

「前以《まえもつ》て決まっていた予定なら前日までに告知があるよ」

水島の反論が瞬時に正鵠《せいこく》を射る。

獅子王は早々に手持ちのアイディアが尽きて、ポケットに手を入れる事しか出来なかった。

「緑寮と赤寮はお隣同士だから、きっと他の寮より衝突しやすいんだよ。丸く収めるのも慣れてるんじゃないかな」

慰めるように日辻がフォローを入れる。

ポケットの中で、折りたたんだ金色の包み紙が獅子王の人差し指を刺した。

3

寮の配置が火種を増やすという発想は、獅子王にはなかった。

青寮は外郭寄りで校舎等の学習施設までは約七分、食堂等の生活施設へはそれよりもう少し掛かる。五寮内で比較すると近い方だ。

黄寮《フラーウム》は厭世《えんせい》的な立地だ。

校内に植樹された林の中に佇《たたず》み、建物も普及している汎用《はんよう》デザインとは一線を画す。ファッションアートや工芸デザインを専攻する生徒が多いから建物もアート性が高いのか、洒落《しゃれ》た建物で暮らす事でインスピレーションを刺激されるのか、鶏と卵の域を出ない。

特別寮《ウイオラーケウス》はおいそれと踏み込めない領域に建つ。

才能を認められた奨学生《スカラー》のみに入寮が許される、名は体を表す特別な寮だ。獅子王は実物を見た事がないが、特別寮生の角崎《つのざき》の言から汲《く》み取るに他寮から離れており、建物は大きく立派で、寮母《メイトロン》や寮監《ハウスマスター》とは別にコンシェルジュが常駐しているようだ。

青寮の天堂《てんどう》寮監と二宮《にのみや》寮母は優しくて、獅子王ら青寮生には何の不満もなかったが、コンシェルジュが頼みを聞いてくれる特別寮では用務員《ハウスメイド》が補充してくれる菓子に一喜一憂する事もないのだろう。

そして緑寮と赤寮は、敷地の中心に程近い通りに面して隣接している。それぞれ充分な面積の庭を持つので建物間は四車線を通せる幅が空いているが、他寮との距離とは比べ物にならない。

窓の外を見れば他寮があり、一歩外に出れば他寮生がいる。対抗戦前などは庭で練習する姿が互いに目に入る。屋内でさえ、それなりの大声を上げれば隣まで響くのではないだろうか。

青寮で獅子王が感じる外界から切り離された家の感覚が、緑寮と赤寮でも味わえる確信は持てなかった。

獅子王はランチボックスのピーマンとパプリカを、ハンバーグの右側と左側に離して置いた。

中庭を囲む斜面は日当たりが良く、薔薇《ばら》の間に設置されたベンチは何処を見ても埋まっている。摺鉢《すりばち》の底に当たる中庭の芝生にも生徒達が腰を下ろし、空席が出来ては別の生徒が入れ替わりに座るといった調子だ。

昼休みの時間は疾《と》うに終わっているが、未開封のランチボックスを手に講堂から出てくる生徒は後を絶たない。五時間目前の自習時間は少なくとも潰れるだろう。

「ボロネーゼに目玉焼き、匠の采配《さいはい》」

弓削がフォークで黄身を切り分けて諸共《もろとも》にパスタを巻き付ける。日辻はクラムチャウダーを口に運び、二口目にはいかず、スプーンでランチボックスのスープ皿を底からかき混ぜた。

「微温《ぬる》い。仕方ないけど」

メニューは数種類から選べたが、栄養バランスを考えた組み合わせでない事は明白で、舞台裏の混乱と苦労が偲《しの》ばれた。おそらく昼食用に準備してあった献立を校内の調理室で仕上げて片っ端からランチボックスに詰めたのだろう。

不運なのは菜食主義の生徒とアレルギーを持つ生徒だった。大多数には無害な物質が個人の体質に依存して致死毒となり得るから誤食の危険も大きい。

普段の様な徹底管理が望めない状況下、事故を防ぐ目的で彼らには栄養ゼリーと希望者——即ち、小麦アレルギーでない生徒にのみクラッカーが配られた。

生きる為の食事だ。食べて死に至っては元も子もない。

獅子王の後方で芝生に座る生徒の一人が、カサカサと乾いた音を鳴らして既製品の袋を開ける。友人らが調理された食事を摂る中で自分だけがクラッカーとゼリーでは味気なくもなる。

彼は緑のネクタイの端を引いて撓《たわ》みを伸ばし、クラッカーを齧《かじ》って独りごちた。

「赤寮が大騒ぎしなければ……」

あからさまな油断だった。食堂では寮ごとに固まってテーブルに着く習慣があるから、食事というシチュエーションが彼の気を緩めてしまったのかもしれない。

生憎《あいにく》、中庭にはテーブルの様に明確な区切りはなく、クラスメイトと昼食を囲めば複数の寮生が混在する。

傍にいた生徒が緑ネクタイの生徒の肘《ひじ》を突《つつ》いた。

彼らの背後にいた生徒がフォークを置いて立ち上がり、日差しを遮る。逆光の下、赤いネクタイが強く存在を主張した。

「こちらは被害者です。責任転嫁はやめてもらえませんか」

緑ネクタイの生徒が眼鏡の奥で目を細めて素早く襟章を確認する。

ネクタイの色は寮ごとに定められ、襟章には学年が刻まれる。赤寮生が一学年下と知って、緑寮生は後悔より意地を前面に押し出した。

「責任転嫁はどちらかな」

「断じてぼくではない」

赤寮生が胸を開いて反らすと、逞《たくま》しい体軀《たいく》が見る者を威圧する。

大事になってからでは遅い。腰を浮かせた獅子王の腕を、日辻が摑んで引き止めた。

「獅子王、何する気？」

「止める」

「放っておきなよ。問題は当人同士が解決するのが一番だ」

「殴り合いは昼食の邪魔になる」

「獅子王が真っ先に拳《こぶし》作っちゃってるじゃん」

弓削に指摘されて、獅子王は無意識に握っていた指を解《ほど》いた。その手を日辻が持ち上げてぞんざいに離す。

「行くなら部外者らしく穏便に」

「？」

日辻の言う意味が分からなくて獅子王が応《こた》え損ねると、弓削が目配せを送ってくる。彼らの方が付き合いは長い。ここは従った方が良さそうだ。

獅子王は一歩引いて状況を俯瞰《ふかん》した。

赤寮生と緑寮生は徐々に声を尖《とが》らせて友人を巻き込み始めている。

「体調管理が出来なかった事を人の所為《せい》にされては困る」

「個人の体調不良で食堂が閉鎖されますかね」

「えっ、先輩方は食堂が閉鎖された理由をご存知なのですか？」

日辻が芝生に手を突いて殆《ほとん》ど仰向《あおむ》けに緑寮生を見上げた。人の機微を気遣える彼が強引に会話を遮るとは珍しい。上級生の集団に怪訝《けげん》がられても、日辻は品のある微笑みをたおやかに傾けた。

「すみません。お話が聞こえて『原因』があったのですね」

日辻の視線が赤寮生に流れると、緑寮生がここぞとばかりに語気を強めた。

「食堂で赤寮生が倒れて保健室に運ばれたのが原因だ。それで、日中は清掃で閉鎖される事になった」

「へえ」

ついという風に弓削が声を漏らすと、赤寮生が慌てて彼らに向き直る。

「『原因』は乾《いぬい》ではない」

「倒れた赤寮生さんですか？」

日辻の問いに赤寮生が深く頷《うなず》く。彼は眉間《みけん》に硬く皺《しわ》を刻み、瞳《ひとみ》を憂いで翳《かげ》らせた。

「誰とでも仲良くなれる、性根のいい奴なんだ。そこの捻《ひね》くれた緑寮生とは違う」

「先輩後輩に関係なく許されない言動はあるが」

緑寮生がランチボックスを地面に置いて立ち上がる。日辻がすかさず身を乗り出して長身で彼の注意を引いた。

「先輩は倒れた乾さんに非があると思うのですか？」

「だって、そうだろう。聞いてくれよ」

緑寮生が完全に日辻の方を向いた。

獅子王にも少しずつ状況が見えてくる。日辻は諍《いさか》いを話し合いに移行させる気だ。青寮は部外者で、彼は一年生。第三者を味方に付けた方に正義の天秤《てんびん》は傾く。殴り合いより建設的だ。部外者を入れた事で冷静に判断出来る面もあるだろう。

獅子王はフォークを置き、赤寮生と緑寮生それぞれと目を合わせて聴衆の存在を意識させた。

緑寮生が喉元《のどもと》で咳払《せきばら》いをした。

「彼が保健室に運ばれた時、食堂では多数の赤寮生と緑寮生が朝食を摂っていた。その内の誰一人として不調を訴えていない。食事が『原因』でない以上、彼自身が『原因』と考えるのが自然な流れだ」

「成程」

「そうでしょうか？」

日辻が納得を示したので、獅子王は敢《あ》えて疑問を呈する。すると、背を押されたかのように赤寮生の勢いが息を吹き返した。

「馬鹿げた話だよな。乾は検査の為に病院へ搬送された。狂言だったら保健室で暴かれている。食堂が閉鎖された事実が、乾が被害者である証明ではないか」

「どうして被害者？　ですか？」

弓削は赤寮生の弁舌を止める。確かに、獅子王にも最後だけ理論が飛んだように聞こえた。

赤寮生の肩が僅《わず》かに持ち上がる。籠《こ》められた力が拒絶に転化する直前、日辻がわざとらしく唸《うな》って聞かせた。

「ぼくには筋が通って聞こえましたが、皆に納得してもらった方が正しさが盤石になりますね。一度、整理させて下さい」

「……いいだろう」

赤寮生が満更でもなさそうに腕組みをした。

「先輩は乾さんの体調不良に疑う余地はないと思っている」

「当然だ」

「『原因』は食堂にある、と？」

「朝、寮で会った時は元気そうだった。持病の申告があれば寮内で共有されている。という事は、食堂でよからぬ物を口にしたか、させられたかだ」

「どうでしょう？」

日辻が緑寮生に確認する。彼は白けた顔で投げやりに手を振った。

「一人だけというのが不自然だ」

「カフェテリアの構造を考えるとそうですね」

獅子王は同意を示した。各自で大皿から取り分ける方式だから、仮に目玉焼きに毒を仕込んだとすると隣り合う目玉焼きにも毒は及んでしまう。

緑寮生が嬉々《きき》として一歩、距離を縮めた。

「なれば、自作自演の線が濃厚にならないだろうか？」

「！」

とんでもない爆弾が放り込まれた。

日辻を通して話す事で冷静さを保っていた赤寮生も腹に据えかねたようだった。彼が大股《おおまた》で前に出ようとするのを、獅子王は身体を壁にして制した。身長差は大分あったが体幹には自信がある。弓削も加勢してくれた。

「法螺《ほら》吹き緑。いい加減にしろよ」

「ど、どっちが法螺か、誰が証明する？」

赤寮生に気圧《けお》されながら、緑寮生が踏み留《とど》まって反論を重ねる。

「飲食物を提供する施設に食中毒の疑いが掛かると、検査だけで何日も営業を停止しなければならない。店側に落ち度がなくとも関係ない」

「それってさ、お腹壊した人の自己申告なの？」

「そうだよ。営業妨害も出来る」

「え、酷《ひど》くない？」

弓削が日辻を振り仰ぐ。日辻の眉《まゆ》が困惑と嫌悪で形を崩した。

「検査をしてもらう事で濡《ぬ》れ衣《ぎぬ》が晴れるなら……いえ、良くはないですね」

「最悪だよ。うちの実家はそれで何年も赤字続きだった」

緑寮生が忌々《いまいま》しい呪いの様に言葉を吐いて捨てる。

「食中毒起こした客が、惣菜《そうざい》パンを持ち帰って何日も食べなかったのが原因だった。衛生管理面で店に問題はなかったけど、保健所が調査したパン屋ってだけで風評被害に遭って、姉が隣町で起業するまで両親は売れずに廃棄になるパンを焼き続けた」

「もしかして先輩、あひるベーカリーの息子さんですか？」

思い当たったのは赤寮生だけではないようだ。獅子王は越境生で馴染《なじ》みがないが、生徒の大半は地元で生まれ育っている。

緑寮生が涙ぐんだ目元を隠すように俯《うつむ》く。赤寮生が決まり悪そうに目を逸《そ》らして頸《うなじ》の短い髪を指先で散らした。

「アヒルウィンナーパンが大好きで、習い事帰りに食べるのが御褒美でした。連れて行ってもらえなくなったのが不思議だったけど、そんな事情があったとは」

「……ごめん」

緑寮生の謝罪は、先ほどまでとは別人の様に理性的な声音である。

「うちの寮長が赤寮長に摑《つか》みかかったと噂に聞いて、自分の中で実家と結び付けてイライラした。寮長が咎《とが》めたなら赤寮がわざとやったんじゃないかって」

　それこそ飛躍した言いがかりだ。が、話を聞いた今となっては、獅子王ですら彼と家族の憂き目がリアルに感じられる。赤寮生も同じようだ。

「ぼくも、緋山寮長が緑寮長と喧嘩《けんか》したと聞いて難癖を付けられたのだと思い込みました。乾は緑寮生ともよく一緒にいるし、緑寮の所為《せい》でないとうちが悪い事になってしまうから」

「噂は……良くないね」

「そうですね」

　緑寮生と赤寮生が互いに敵意を鞘《さや》に収めると、二人を中心に凝縮した空気の球体が割れ、風が中庭の外周へ向かって流れたようだった。

　箸《はし》を動かし始める者、手に立ち上がる者、動き出す空気。獅子王は肩越しに周囲を窺《うかが》って、皆が無関心を装い、意識だけは二人を注視していたのだと気が付いた。

　日辻が微《かす》かに顎《あご》を下げて見せる。獅子王は察しの悪い弓削の二の腕を引き、ランチボックスを纏《まと》めて中庭を離れた。

4

夏には大地の祝福を覚える木陰も、秋の終わりには木漏れ日が救いに変わる。

快適な場所を探し直す時間はなかったので、三人で小路の縁石に座り、冷めた昼食を掻《か》き込んだ。

「噂は、オレ達も聞いたし話したよなあ。弁当の列に並んでる時とか」

「俺も反省した。中庭に人が沢山いたのは逆に良かったよ」

あの場に居合わせた生徒だけでも、赤寮長と緑寮長の一件を憶測で語らなくなると良い。獅子王は臨時で設置されたゴミ箱にランチボックスを投げ入れた。

「僕は意外だった」

「獅子王でも驚く事なんてあるの?」

「あるが」

「冗談だよ。意外って?」

日辻の猫目が眦《まなじり》を下げる。

「止めに入るのだと思ったから、日辻が話し合いに参加して驚いた」

「同級の友達ではよくやってたけど、理央って先輩には逃げ腰だもんな」

「幸希。否定し難《にく》い悪口やめろ」

日辻はゴミ箱の蓋《ふた》を閉め、弓削を睨《にら》んでから話を戻す。

「獅子王を見習った」

「僕？」

獅子王には心当たりがなさ過ぎて、額に当たる陽光が偽物にすり替えられた錯覚がした。

「俺は卒業生の祖父と父からシードゥスの伝統を聞かされて育ったから、先生と先輩は敬うもので口答えも許されないと信じていた。けど、獅子王を見ている内に自分が馬鹿に思えてきて」

「上下関係を馬鹿にした意識はなかったが……もし僕が日辻に無礼を働かせたのだとしたら親御さんとお祖父《じい》様に顔向け出来ない。申し訳ない」

「違う違う」

頭を下げた獅子王に、日辻が明るく笑い返す。

「獅子王に敬意がないとは思わない。馬鹿だったのは形だけ真似た自分だよ。獅子王は誰にでも人間として接している」

「そういう所。先生も先輩も等しく人間で、堂々としていればきちんと話を聞いてくれると分かった。俺の怠け癖が直ったという話だよ」

「うー」

仔犬《こいぬ》みたいな唸り声を発したのは弓削である。彼は歩の遅い二人を待ちかねてその
場で一回転した。

「獅子王はすげーってオレが前から言ってるじゃんか。そんな事より、先輩のパン屋
さんと同じだったら夕ごはんも食堂使えなくない？」

「食堂の件は僕も気になっていた。僕は何もすごくはないが」

「謙遜《けんそん》」

「いや、真面目に」

「俺も同意見だ」

日辻がどちらとも付かない肯定をする。

「根本的な疑問なのだけれど、倒れた赤寮生は実在するのかな」

「個人名まで出して作り話をするだろうか」

「でも、その話自体が誰も真相を知らない噂だ」

「一理ある」

獅子王が納得すると、弓削は意気揚々と屈伸して右足を小路へと踏み出した。

「幸希。五限の教室は別館だよ」

「保健室に行くに決まってるだろ。何ならオレが適当に怪我をして」

「分かった。一緒に行くから強行策はよせ」

日辻が止められない弓削を、獅子王に止められる道理はなかった。

職員室に比べると訪れやすく、教室に比べると立ち寄りにくい、保健室は校内でも独特の空間である。

他校と同様、シードゥス学院でも養護教諭は怪我や病気、事故の対応に加えて生徒の相談を受けるカウンセリングにも扉が開かれている。

しかし、各寮には寮母と寮監が住み込んで家族の様に気を配っている。また、校内には匿名で話が出来る専用の窓口があり――病院勤務の専門家《カウンセラー》が日替わりの担当制で電話に応《こた》えるらしい――保健室で深刻な悩みを打ち明ける生徒は少ないようだ。

保健室の入口は大抵、開放されていて、前の廊下を通ると数人の生徒がサロンの様に屯《たむ》ろする光景がよく見られる。主である養護教諭の気性がそうさせるのだろう。

弓削が気安い歩調で保健室を目指す。日辻にも気負いは見られない。

獅子王に二人の袖《そで》を摑んで立ち止まらせたのは、無意識に得た違和感だった。

「どうしたの？」

身長差の所為《せい》で日辻の右肩が下がる。弓削を捕まえた手に抵抗が返される。

獅子王は前方を忍び見た。

「ドアが閉まっている」

「本当だ。いないのかな」

いない方が良い。獅子王の直感が膝《ひざ》から下を重くする。沼に足を取られたみたいだ。

「…………」

言葉で説明出来ないでいる獅子王を見て、弓削と日辻が顔を曇らせる。二人は互いに頷《うなず》き合うと、獅子王の手を摑み返して引きずるように保健室に近付いた。

「待っ――」

「シィ」

日辻が微《かす》かな吐息で沈黙を求める。

獅子王は弓削と日辻に挟まれて、力ずくでドアの前に座らされた。

背中を当てたドアの向こうから話し声が漏れ聞こえる。獅子王が二人の阿吽《あうん》の連携に目を奪われている間に盗み聞きの舞台が整ってしまった。

「放送で呼び出して頂ければ伺いましたのに」

声だけ聞くと存外低い。白衣以外のセンスが独特な彼の風貌《ふうぼう》に他の印象まで引っ張られていたようだ。声質に注意してみると、声の主は紛れもなく養護教諭の相楽《さがら》その人であった。

「用のある方が足を運びます。校長と雖《いえど》も例外は適用されません」

（校長？）

獅子王の左右から動揺が伝わる。

相楽と話しているのは校長の水上《みなかみ》なのか。理知的な口調とソプラノアルトの声は確かに朝礼で聞く彼女と合致する。

椅子が軋《きし》む音がした。

「生徒は？」

「病院から一緒に戻って寮に帰しました。症状は残っていますが、気管周りの腫《は》れが引いたので即生命に関わる恐れはないとの診断です」

相楽の答えが示す事実はひとつ。

倒れた生徒は実在した。その点に関して噂は虚偽ではなかった。

（気管の腫れ。入院の必要がないという事は幾つかの危惧《きぐ》が消える）

「安心しました」

水上の声音は依然として硬い。

「食堂はどうですか？」

「夕食までに洗浄を終わらせて頂く予定です」

「けど、それで終わりではないですよねえ」

相楽の緩やかさに反して、空気が廊下に至るまで張り詰めた。

「致し方ありません。『彼』は大勢の日常を脅かしました。相応の報いを受ける事になります」

これ以上、聞いてはいけない。獅子王の理性が警鐘を鳴らしている。だが、身動きをして聞いている事を察知されたら更に良くない事態に陥る。獅子王は呼吸を絞り、迫り上がる鼓動を押し戻した。両隣で日辻と弓削が硬直している。

赤寮生が倒れた裏に何者かの故意が介在した。

水上の言葉はそうとしか受け取れない。

「被害は広く及びました。食堂の洗浄やランチボックスでの配膳《はいぜん》に要した人員、経費、疑われた食堂の職員、通常通りに食事を出来なかった全校生徒も被害者です」

「しかし、問題を引き起こした『彼』も我が校の生徒です」

「存じております」

「でしたら……断罪の他に道はないのでしょうか」

「『彼』を見逃せと?」

「学院は生徒を守る立場にあります」

相楽が沈痛な声音で訴えかけた。

水上は嘆息をひとつ、それから毅然《きぜん》と答えた。

「なりません」

「『彼』の人生を十三年で落伍《らくご》させるのですか？」

「過ちは過ち、悪事は悪事。被害者と加害者を履き違えて事件を隠滅した共犯者が、どの面下げて教育者と名乗れるものか」

「――ッ」

厳格な言葉が相楽を黙らせる。

「それに相楽先生は誤解していらっしゃる」

「僕が、何を？」

「『彼』を落伍させるのは断罪ではありません。自ら落伍の道へ進む生徒を、断罪によって正しく導くのが学院の全うすべき責務です」

「宜《むべ》なるかな」

相楽の緊張が一音発するごとに緩んでいくのが分かる。

「時間はたっぷり、五年もありますからね」

「天堂寮監には就任間もなくで苦労を掛けるでしょう。相楽先生も助力を頼みます」

（どうして）

聞き慣れた名が獅子王の耳に馴染《なじ》みすぎて嫌悪感を催す。

「了解です。まあ、青寮には二宮さんがいるから僕の出る幕はないでしょうね」

「職務怠慢は困ります」

「すみません」

相楽が朗らかに笑うと、凝り固まった空気が解けて目が覚める感覚がした。

獅子王はしゃがんだ体勢のまま床を這《は》うように扉の前から退いた。日辻と弓削が続く。三人は廊下の角まで辿《たど》り着くや一斉に立ち上がり、全速力で外へ駆け出した。

5

始業のベルが鳴らない。

裏庭にはまだ昼食中の生徒が其処此処《そこここ》に腰を下ろしており、渡り廊下のアーチを潜って新たにランチボックスを持った生徒が現れる。五限は休講になりそうだ。

日辻が窓を開けて裏庭を見下ろす。弓削が肩を並べて頬杖《ほおづえ》を突く。

獅子王は思考に意識を囲われて、自分が歩いているのか立ち止まっているのかも認識出来なかった。

犯人の指導は天堂に託されるという。寮監は寮を跨《また》いで職務に当たる事はない。

「どうして青寮《うち》なんだ？」

弓削の大きな目が責めるように日辻を見上げる。日辻にしてみれば流れ弾だ。

「知らないよ」

憮然《ぶぜん》として答えた日辻に、弓削が頬を膨らませて不機嫌を露《あら》わにした。

「変だろ。赤と緑の喧嘩《けんか》だったのに何で青寮が犯人な訳？」

「赤寮と緑寮の喧嘩は噂に過ぎなかった。決め付けて混同するな、幸希」

「でもさー、何か変だよ」

弓削が食い下がる理由は根拠あっての事ではないらしい。

しかし、勘が全くの出鱈目《でたらめ》かと言うと、そうとも限らない。弓削が感じ取っている違和感は獅子王の中にもあった。

「赤寮と緑寮が中心のように語られたのは時間帯が関係していると思う」

ラテン語の勉強と同じだ。獅子王は違和感を凝視して形を探り出し、その輪郭をなぞるように言葉への変換を試みた。

「時間って？」

「そうか、事件は朝早かったんだ」

日辻が一足先に理解する。獅子王は頷《うなず》いて弓削に説明を加えた。

「赤寮と緑寮は隣に建っていて他の寮より食堂に近い。僕達が朝ごはんを食べに行く頃には全寮から生徒が来ているけれど、事件が食堂が開いてすぐに起きたのだとしたら現場には赤寮生と緑寮生しかいなかった可能性が高い」

「青寮生がいなかったのに、どうして青寮生が犯人になる訳？」

「うん」

獅子王は即答を避けて、情報を整理する事にした。

「まず、病院から数時間で帰宅しているから毒物はないと思う。警察が学院に来たという話も聞かない」

「毒物が検出されれば通報される。となると症状だけでは故意を疑われないもの」

「相楽先生は『気管の腫れ』と話していた。おそらくアレルギーだ」

アレルギーは過剰な免疫反応である。花粉や食べ物が体内に取り込まれた際、身体が害と見做《みな》して攻撃を行うが、病原体や毒と違って本来は無害な物質だ。過ぎた攻撃は自身を傷付け、時に死に至る。

「被害者――乾が倒れて、最初に食堂でのミスが疑われた。しかし問題の特定は難しく、全体洗浄に踏み切ったのではないだろうか」

「何処で何が混ざったかなんて突き止められないよな」

食堂のビュッフェ形式を思い出していたのだろう。弓削が宙を見上げてから、得心が行ったように顎《あご》を真っ直ぐ下ろした。

「後になって混入が意図的だったと判明する。目撃証言か物的証拠か、その信憑性《しんぴょうせい》も論じられないが、疑われた青寮生が誰かは想像が付く」

獅子王は階段を上がって歩いて来る生徒の集団を見て、彼らが通り過ぎ、遠ざかるまで待った。眼下で楓《かえで》の葉が枝から離れて落ち、地面の赤色を濃くする。

「誰……？」

弓削が恐るおそる尋ねる。獅子王は腹を括《くく》って口を開いた。

「日辻」

「え」

「講堂に並んでいた時、どうして彼奴《あいつ》の空腹を気遣った？」

「彼奴って」

日辻は目をぽっかりと開いて、次に大きく息を呑《の》んだ。蒼白《そうはく》になった顔をガラス越しの陽光が歪《ゆが》ませる。

「毎日早起きして俺達より十五分早く寮を出るから、食べるのが好きなんだろうなって思っていたんだ。今朝はシリアルで量が少なかった上にランチボックスも受け取るまで時間が掛かりそうで、心配になって訊《き》いた」

「野水？」

弓削が二人に追い付いた。

水上と相楽の会話から犯人は十三歳、即ち一年生の中にいるのが分かる。一寮で暮らす人数は各学年十人、いつもと違う行動をすれば互いに目に留まる人数だ。

今朝は平時と変わらず、野水だけが先に食堂へ向かった。

赤寮生と緑寮生しかいない時間帯に唯一いた青寮一年生である。

「けど、居合わせただけかもしれないよね」

「野水と赤寮の乾にアレルギーを知り得る程の接点がなければ、動機も手段も不自然と言わざるを得ない」

人を疑うには相応の情報が要る。獅子王は窓枠に肩甲骨で凭《もた》れかかり、親指を下唇に押し当てた。微《かす》かに伝わる歯の境目の感触が雑念を遠ざける。

「野水が北小で、乾は菜椛」

「俺達、野水とは殆《ほとん》ど同じ授業だけど、乾は名前を聞いたのも今日が初めてだ」

「授業クラスでないとすると課外授業くらいだけど」

獅子王は二人を知らな過ぎる。手詰まりだ。そう思った時、突然、弓削が窓から身を乗り出して飛び跳ねた。

「ねーこーかーわー!」

裏庭に弓削の声が響き渡る。地上で小柄な人影が立ち止まった。上を向いたふくよかな顔は遠目にも困惑している。

　講堂で見かけた猫川だ。彼は近くの生徒から注目を浴びて右往左往していたかと思うと、弓削に手を掲げ返して校舎の入口へと走り出した。

「俺が下におりようと思ったのに」

「幸希、危ないだろう」

　慌てて窘《たしな》める日辻とは裏腹に、弓削はけろりと瞬《まばた》きをしている。

「猫川は野水と同小って聞いたから、俺達よりは詳しいだろ」

「幸希のそういう無鉄砲な勇気……一周回って尊敬する」

「フハハ、褒められた。苦しゅうない」

　弓削の無邪気な自信は獅子王も見習いたい。

　猫川が階段を駆け上がり、廊下を見回して弓削を見付ける。丸い頬が真っ赤だ。額に薄《うっす》らと汗が滲《にじ》む。弓削は流石に申し訳なさそうに眉《まゆ》を傾けて笑った。

「ごめん。来てくれるとは思わなかった」

「あんな大声で呼ばれたら、恥ずかしくて」

　猫川が弛《ゆる》めた膝《ひざ》に両手を突き、肩で息を整える。まだ下校時刻には早いのに、彼の背で学校指定の鞄《かばん》が呼吸と共に上下した。

「早退するの？」

「授業を休んだ友達に、預かってる荷物を届けに行く途中なんだ」

三人の間に緊張が走った。もしやと思った時には、獅子王は確かめずにはいられなかった。

「友達って、乾？」

「そうだけど」

接点がここにいた。

「何？」

同時に黙り込んでしまった数秒に、猫川が上体を起こして弓形の眉を顰《ひそ》める。

素直な弓削と、嘘が下手な獅子王は、身を強張《こわば》らせて小刻みに首を振った。自分達が話したらボロが出る。

「小学校も寮も違うだろ。荷物を届けるほど仲良くて羨《うらや》ましい」

神様、仏様、日辻様である。日辻は砕けた言葉を使っても何処か上品で、相手と適度な距離を保つのが上手《うま》い。お陰で猫川に緊張させず、寧《むし》ろ打ち解けた空気になってそつなく会話が続いた。

「課外活動とクラブが一緒で、寮が隣だから帰り道で話す内に気が合ったんだ」

「乾、大丈夫そう？　アレルギーで倒れたんでしょ」

「ああ、それで乾だと分かったんだね。そうだよ。彼、卵アレルギーでマヨネーズもダメだから」

「マヨネーズを食べた所為《せい》で？」

「卵そのものを食べるともっと深刻な状態になるらしい。乾の場合、加工食品なら軽く呼吸が苦しくなって発疹《はっしん》が出るくらいって前に話してたし……充分辛《つら》いけど、生命《いのち》に別状はないって意味でね」

廊下に木漏れ日が差して、陽が傾いたのだと気付く。裏庭の生徒は減り、校舎内の気配がザワザワと徐々に音を高くする。

敵性と看做《みな》して攻撃すれば我が身が傷付くアレルギー。対処法は口に入れない、それだけだ。

自分には合わない。相性が悪い。自分の為の存在ではない。

遠くにあれば心安らかに過ごせるものを、この世界では完全に避け切るのは難しい。目に付く。苛《いら》つく。気に入らない。そうして、人は傷付ける側に回るのだ。

波立つ水面《みなも》が落とした影の様に、獅子王の心が斑《まだ》らに揺れる。

「マヨネーズは小袋に個包装されてるから紛れようがないと思うけど」

柔らかな手で口元を押さえて指の隙間から零《こぼ》れた猫川の独白は、獅子王の思考を映したかのようだ。

無数にあった可能性が泡より淡く弾《はじ》けて消え、最後に一粒の真実が残った。

☆

☆

☆

回答一

1

学院を街に喩《たと》えると、赤寮は中心街《シティーセンター》の外れにある。

外郭に位置する青寮や林に囲まれた黄寮に比べると利便性が高く、代わりに学院の喧騒《けんそう》からも離れきれない。

学院内を移動する車両の音、グラウンドから響く掛け声が天高く吸い込まれていく。

赤寮は半木造《ハーフチンバー》と真壁造りを組み合わせた、白と黒のコントラストが美しい建物だった。庭には松の木が直立し、丸々と刈られた皐月《さつき》と躑躅《つつじ》が交互に鎮座する。

格子窓には上等なレースのカーテンが下がっているが、枝分かれする小路の先には細い注連縄《しめなわ》の掛かった裏口が見えた。青寮は洋風で統一されているので、郷愁めいた感情が呼び起こされる。

白い柵《さく》の内側に真っ赤なサルビアが咲く。

観音開きの黒扉が開いたかと思うと、生徒が一人、顔を出した。

一年生の平均的な体格と言えるだろう。茶色のハーフパンツに長袖《ながそで》のボーダーシャツと気楽な服装で、ずり落ちた白ソックスの足に草履を引っ掛けている。寝起きらしく頭の左側面に寝癖が付いていたが、手櫛《てぐし》を通すと躑躅の木の様に丸く収まった。

「乾、具合どう？」

猫川が尋ねると、彼は欠伸《あくび》を噛《か》み殺して扉を閉める。

「平気。鞄ありがとう、助かる」

彼は玄関ポーチから下りて、瞼《まぶた》を開くや否や怪訝《けげん》そうに目を眇《すが》めた。

「誰？」

「青寮の一年生だよ。名前は」

「獅子王琥珀《こはく》」

名乗ったところで乾の警戒は消えない。更に、遅れて到着した人影が乾の顔を一層険しくさせた。弓削と日辻、そして二人が連れて来たのは——

「何で此奴《こいつ》が来るんだよ」

「俺も来たくねえよ」

乾の売り言葉に、野水が買い言葉を叩《たた》き返した。

時刻はまだ五限の中盤、昼食の遅れもあって赤寮生が帰寮する心配はない。

「野水、猫川、乾」

獅子王は堅実に推測と事実の間を埋めるべきと考えた。

「三人は毎朝、一緒にごはんを食べている？」

「土日以外はそうだね」

猫川が気さくに答えて、乾に鞄を手渡す。野水も返答を拒まなかった。

「俺は早起きだから青寮の皆が用意出来るまで待ちきれない。猫川とは小学校からの仲だし、ごはんくらい誰と食べても自由だ」

「食べたくない誰かもいる」

獅子王の踏み込んだ言葉は、野水の目付きを強張《こわば》らせた。是非は示されない。

「間違っていたら指摘して欲しい。野水は乾に対して思う所があった」

「え……」

猫川が戸惑いを隠せず振り返る。野水が逃げるように顔を背けた。

「君は会話の中で乾が卵アレルギー持ちだと知る。加工食品であれば軽症で済むとも聞いた。だから、乾の食事に混入させるべくマヨネーズの小袋を手に取った」

「やっぱりそうか」

獅子王の話を受けて、乾が鞄を持つ手を億劫《おっくう》そうに下ろす。

野水が前歯を覗《のぞ》かせて歯軋《はぎし》りをする。

最も動揺したのは猫川だった。

「いつも楽しく話してるじゃないか。喧嘩《けんか》らしい喧嘩もした事ない。外出日は三人で映画を観に行こうって約束したばかりなんだよ」

猫川が野水と乾に呼びかけて、獅子王達に弁明する。しかし、凍り付いた空気は弛《ゆる》みはしない。猫川の瞳《ひとみ》が次第に温度を下げて鏡面の如く歪《ゆが》みない現実を映した。

「野水、本当に？」

涙を含んだ声が問う。野水が後頭部の髪を手の平で散らした。

「怠《だる》い」

佇《たたず》まいには気品があり、日辻と並ぶと良家の御曹司たる雅《みやび》やかな風情が漂う。その野水から吐き出された憎しみは落差を持って聞く者を押し潰《つぶ》した。

「入学した頃は北小の仲間で集まって食べていた。なのに、途中から此奴が図々《ずうずう》しく割り込んで来て、居辛くなって一人ずついなくなった。マジで怠い」

「捏造《ねつぞう》だ。おれが仲間に入れてもらった時には既に減ってただろ」

「お前なんか仲間じゃない」

野水の眼差《まなざ》しに嫌悪が満ちる。乾は縮こまるように脇を締めたが、野水の感情が強く表れるほど乾の反抗心も火を大きくしていくのが分かった。

「だから、おれのスープにマヨネーズを入れる事にしたのか？」

「……仕返しに少し困らせてやろうと思っただけだ」

「卵だったら死んでいたぞ！」

水風船が割れる様だった。突然、怒声を上げた乾から空気の流れが一転する。

猫川が茫然《ぼうぜん》として、再び野水へ視線を返した時には、彼の大らかで柔らかな面差しは恐怖で縁取られていた。

「野水、ぼく前に話したよね？　アレルギーは免疫細胞が身体を攻撃する引き金になる。人によって物質も程度も異なって、深刻な症状になる事もあるって事」

「ごめん、猫川。勿論《もちろん》、覚えている」

野水が身を屈《かが》めて猫川の両手を取ろうとしたが、触れられずに腕を宙に浮かせる。行き場のない距離から猫川を大切に思う野水の本心が痛いほど伝わって、部外者の獅子王ですら身の置き所が分からなくなった。

「血の気が引くんだ。学校で猫川が彼奴《あいつ》といるのを見ると心臓が裏返る感覚がして、高い所に登ったみたいに足が竦《すく》む。自分でも不思議なくらい強迫観念に囚《とら》われる」

「ぼくが彼と仲良くして、どうして野水が怖がるの？」

「段々と怖くなる。俺といるのに飽きて、彼奴といる方が楽しくなって、俺はいなくても良くなるんじゃないかって」

「野水と彼は別の人間だ」

「正論だけならいくらでも分かっている」

野水は語調を乱して、慌てて身を引いた。

「猫川は何も悪くないんだ。猫川が他の奴と仲良くするのも何も悪くない。不安が募って、自信がなくて。二人で俺の知らない映画の話で盛り上がったり、歌の好みが合ったりするのを聞いていると、自分が要らない人間に思えてくる」

「ぼくの友達は野水だけではないよ。でも、野水はぼくの友達だよ」

「本当に、それだけでいいのに。猫川に友達がいるのは絶対にいい事なのに」

「単純な話だ。野水はおれが嫌いなんだろ」

乾の乾いた笑いが冷淡に響いた。

「野水はおれが気に入らない。だから、アレルギーを知って嫌がらせをしようとした。猫川は悪くない。その通りだね。悪いのは誰か、単純明快だ」

太陽が当たる部分が灼《や》かれてヒリヒリする。

日辻と弓削が居た堪《たま》れない様子で動くに動けず棒立ちしている。乾は呆《あき》れた顔で外方《そっぽ》を向いて、猫川は目に溜《た》めた涙が今にも溢《あふ》れ落ちそうだ。

「ごめん。猫川」

「謝る相手はぼくじゃないよ」

猫川の精一杯抑えた声は野水を突き放すようにも聞こえた。

野水の手が震え、顔はあらゆる色を消し、喉《のど》だけが必死に抗《あらが》っているようだった。

音とも声とも付かない吐息が、時間をかけて言葉の形を与えられた。

「すまなかった」

「もしかして、おれに言った？」

乾がわざとらしく解らないフリをする。野水が下ろした拳《こぶし》を握り締める。

「お前に言った。乾、すまなかった。許せないと思うけど」

「猫川に免じて許す努力はする。けど安心して食事が出来ないから、食堂では遠くに座って欲しい」

首争いに負ければ群れから追い出される。クーデターに失敗すれば逮捕される。乾を追い払おうとして、反対に居場所を失った野水は自業自得なのだろう。

だが。

「嘘は良くない」

獅子王は陽光を避けて松の木陰に入った。ここの方が彼らの顔がよく見える。

渦中の三人は疎《おろ》か、日辻と弓削も訝《いぶか》しげだ。

獅子王は前言を改めた。

「嘘ではなかった。訂正する。猫川も、野水も、乾も、正確に事実を話している。同時に、誤認させている」

「騙《だま》しているという意味？」

「巧妙に」

猫川の問いに答えて、獅子王は野水と乾の方に向き直った。

「先生方は野水の関与を疑っている。詳しい事情を聞かれれば真実は必ず明るみに出るだろう。君の誘導は通用しなくなる。解るよね、乾？」

旋風《つむじかぜ》が風下を入れ替えて、枯れた松葉が地面に落ちた。

2

誰も、何も言わないまま時間が過ぎていく。

獅子王は話が下手だとつくづく痛感した。まるでラテン語だ。頭の中ではパズルが組み上がっているのに完成した絵を人に伝えられない。

(イメージを直接、言葉に落とし込む)

獅子王は吉沢の教えを思い返し、思考を端から抽出した。

「乾、朝食に何を食べた？」

「話を逸《そ》らす気か。人を詐欺師呼ばわりしておいて」

答えてもらえないのなら別の人に訊《き》く外ない。

「猫川。教えて」

乾が機嫌を悪くしたのが分かったが、獅子王は後回しにして尋ねる先を変えた。

板挟みになった猫川だが、答えても障りはないと考えたようだった。

「ロールパンと生野菜サラダとオニオンスープ。おかずはスクランブルエッグとソーセージだと思う。いや、ベーコンかな」

「完食した？」

「大体は。アレルギーと言っても食べてすぐに出る訳ではないから」

「ありがとう」

知りたい情報は出揃った。獅子王は再び乾と対峙《たいじ》した。

「乾、君は嘘を吐いてはいない。野水は事実『マヨネーズを入れ、、ようとした』」

「ん？　入れようと？」

弓削が引っかかりを覚えた様子で考え込む。日辻の視線が混乱で泳いだ。

「野水は講堂で会った時、チョコレートくれたよね」

「もらった！　朝ごはんの残りだって。だから、えーと」

「野水は食堂でごはんを食べてない」

弓削の考えを日辻が引き継ぐ。

「猫川、どう？」

「野水とは一緒に食べていないよ。食堂には来たけど、ビュッフェの列に並ぶ前に当番があったと言って出て行ったから」

「食堂には来ていただろう。席に着かなくとも料理には近付ける」

乾の言もまた正しい。列に紛れてマヨネーズを混入させる事は難しくないだろう。

綻《ほころ》びと理詰めが一進一退で真実を定めようとしている。

「オレ、あんまり気にしてなかったけどさ、弁当の順番待ち長くて野水も文句言ってた。自分の所為《せい》で全校生徒が迷惑してたら『マジ怠《だる》い』とか言えなくない？」

「そう思わせる為の演技に決まっている。申し訳ない顔をしていたら自白も同然だ」

噂は当てにならない。人の言語表現は拙《つたな》くて、聞く者によって形を変える。

人伝《ひとづ》ての噂なら尚《なお》の事、目の前で話していてさえも。

彼らは未《いま》だそれを言葉にしていない。

「今まさにその話をしていただろう」

「自白？」

「？」

獅子王がわざと解らない顔をしてみせると、乾は苛立《いらだ》ちを抑えきれず、獅子王を殴り返す勢いで声を張り上げた。

「自白だよ。自分が毒を盛りました、って！」

相手を打ち伏せたい気持ちが高じると怒声に頼る乾の癖。

耳鳴りがして、静寂が聴覚を狂わせる。それぞれが気まずい表情で押し黙る中で、元凶とされる野水だけが間の抜けた顔で彼らを窺《うかが》った。

「さっきから話が噛《か》み合わない感じがするんだが、毒ってマヨネーズの事か？」

乾が瞼《まぶた》を伏せる。

獅子王は横から端的に答えた。

「野水には乾の食事にマヨネーズを混入させた容疑が掛けられている」

「だるっ」

野水が脊髄《せきずい》反射並みの速さで悪態を吐いた。

「入れてやりたいと考えた。実際、使いもしないマヨネーズをポケットに忍ばせた。けど、踏み止《とど》まるくらいの分別は持ち合わせている」

「それじゃあ、野水は入れてないの？」

歩み寄る猫川の足取りは頼りなく、組み合わせた両手の甲に指先が埋もれる。野水は彼の手を取って確《しか》と支えた。

「猫川と乾が談笑するのを見るのは苦痛だ。しかし、常ではない。気分や気候で許容出来る時もある。だったら、余裕がない時は視界に入れなければいいと思って、今朝は食堂まで行ったが何もせずに引き返した」

猫川の柔らかな頬が安堵《あんど》で緩み、双眸《そうぼう》が涙を浮かべて光が膜を張る。

「ごめん、野水。信じてあげられなくて」

「心配をかけた」

「野水が無実で嬉《うれ》しい。でも、マヨネーズは何処から来たんだろう」

「おれは乾がマヨネーズを食べた事も今知った。アレルギー物質が混ざった経路が特定出来ず、食堂が全体洗浄になったんだな」

容疑者の野水がようやっと事態を把握する。こんな奇妙な事はない。

事件は何処でボタンを掛け違えたのか。

獅子王はずっと消えない疑問を口にした。

「乾に訊きたい」

「な、何だよ」

「君はマヨネーズが『スープに入っていた』と言った。猫川の話では完食してから症状が出た、にも拘《かかわ》らず、皿を特定出来たのは何故？」

もうひとつ奇妙《おか》しな事がある。故意とも事故とも取れる状況で、現場にいなかった野水に容疑が向くのは如何《いか》にも強引だ。

物的証拠がなく、状況証拠も不充分となれば。

考え得る判断材料は、目撃証言。

「仮に先生方に野水が不利になる証言をした人物がいた場合、野水の潔白が証明された後に疑われるのは証言者だ。けれどももし証言時に朦朧《もうろう》としていたなら、まだ取り返しは付く」

「……何がしたいんだ、お前」

乾の喉《のど》が嗄《か》れたような掠《かす》れた音を発する。呼吸困難というより獅子王の兄が声変わりをした時がこんな風だった。

「まだ野水が入れていないという証拠もない」

「ある」

獅子王は答えてから、彼自身も実物を見ていない事に思い至った。

「日辻。頼んだ物、もらえた？」

「理由を誤魔化《ごまか》すのが大変だったけど」

誇張なしに苦労したらしい。彼は苦々しく左目を眇《すが》めて、胸ポケットから細長い紙を取り出した。

「売店でレシートの記録を調べてもらった。これは写し。今日、授業開始前までに売店を利用した生徒は七人。その中でチョコレートを買ったのは一人しかいなかった。時刻は七時三十二分、食堂が開いた直後だね」

日辻の優秀な裏付けが獅子王の推測を強固なものにする。

「七時半にビュッフェが開放されて、二分でマヨネーズを入れて売店でチョコレートを買うのは不可能だ。疑うなら売店の人に野水の首実験をしてもいい」

「首実験って何？」

「顔を見せて同一人物か確認する事」

弓削と日辻が囁《ささや》き声を交わす。

「つまり、乾が自分で……？」

猫川が野水の腕の中で崩れ落ちそうになる。

乾は沈黙を嫌うように言葉の断片を口にしたが、いずれも一貫した弁明にはならなかった。乾が猫川に寄り添う野水を見て、眉《まゆ》を鋭角に吊《つ》り上げる。

目付きと声が据わった。

「野水の奴、同小の誼《よしみ》をいつまでも使って猫川に纏《まと》わり付いて、俺を敵視して、卵アレルギーだと話した時の彼奴《あいつ》の目にゾッとした。逆手に取って遠ざけられると閃《ひらめ》いた時は、翻って野水に感謝したね」

「どれもこれもお前の印象だけじゃないか。俺は何もしていない」

野水が反論するも乾は譲らない。

「実際、マヨネーズを入れる事は考えただろう」

「考えるだけなら罪にはならない」

「考えた本心を人は悪意と呼ぶんだ」

水掛け論である。しかし、出口のない言い争いに終止符を打ったのもまた、冷水の様な一言だった。

「纏わり付くって何？」

その問いかけは答えを求めていない。水を打ったように静まり返る中、猫川は丸みのある頰に空気を溜《た》めて野水の腕を押し退け、日辻からレシートの写しを奪い取る。彼はそれを両手でくしゃくしゃに潰《つぶ》したかと思うと、力一杯地面に投げ付けた。

「ぼくは自分の意志で野水と仲良くしているの。野水も、ぼくが乾と仲良くしたら君を要らなくなるだって？　二人ともぼくの意志を無視し過ぎ」

「あっ、いや、猫川の意志は尊重するつもりで」

「猫川を蔑《ないがし》ろにする気では」

「知らない」

我の強い二人に挟まれて、最も気弱に見えた猫川が二人を突っ撥《ぱ》ねて踵《きびす》を返す。

「猫川」

「二人で先生方に話してきなさい。ちゃんと謝って。解決して」

「でも」

「嘘も噂も全部なくなるまで口利かない」

猫川は野水と乾を一方的に叱り飛ばすと、幼子みたいにイッと前歯を剝《む》いて赤寮から走り去る。暫《しば》くして、緑寮の方から聞こえよがしに扉を閉める音が響いた。

「まずい」

「まずいぞ」

野水と乾が蒼白《そうはく》になる。

「あれは本気だ」

「お前に言われるまでもない」

「行くぞ」

「こっちの台詞《せりふ》だ、さっさと来い」

喧々囂々《けんけんごうごう》と言い争いながらも、二人はまるで二頭引きの馬車の様に息を合わせて走り出す。去り際に野水が振り返り、口の形だけで「ありがとう」と言い残した。

その後、一週間経っても野水が寮監に呼び出される事はなかった。

猫川に聞いた話では、乾が自分の誤飲であり、意識が朦朧として無関係な野水の話をしてしまったと報告した結果、関与なしと断定されたらしい。

無論、野水が証言の撤回を求めて脅した可能性は疑われたに違いないが、日辻が既にしたように彼のアリバイは正しく証明されただろう。

☆

「乾を心配した赤寮長が同席していたぼくを疑って緑寮長に怒られたみたい」

野水達にも寮長達にも、保護者の様な呆《あき》れ顔で笑う猫川は嬉しそうでもあった。

秋雨が傘を打つ。弓を弾く様な軽い音に、木の葉から滴り落ちた大粒の雨が重い低音を織り交ぜる。

「嫉妬《しっと》は恋愛感情だと思っていたなあ。友情でもあるんだね」

日辻が反芻《はんすう》するように言う。

「オレ、少し分かる」

「幸希が？」

意外そうに聞き返した日辻に、弓削は心外とばかりに飛び跳ねた。

「獅子王と理央が二人でばっかり遊ぶようになったらきっと寂しい。オレとも遊んで！」

「ズボンに泥が撥ねたら行田《ぎょうだ》さんが困るから」

日辻が慌てて弓削を制止する。獅子王は我ながら薄情にも、撥ねる泥水を避《よ》けて彼らの後方に距離を取った。

日辻と弓削は小学校以来の幼馴染《おさななじ》みだから、獅子王には起こり得ない感情である。

だが、いつの日か彼らが他の生徒と親しくなって自分に見向きもしなくなったら、やはり寂しいと思うのだろう。獅子王は相手を恨まずにやり過ごせるだろうか。

「シードゥス学院生たるもの、自身を律し、広い心で他者を赦し、清廉潔白な紳士の振る舞いを」

「するよ」

獅子王の独白を自分宛ての訓戒と取り違えたらしい。弓削が傘の骨を引っ張って離し、雨粒を空に放った。

「紳士として。野水も乾と歩み寄る努力をするって言ってたからな」

「頑張れ」

日辻が冷めた口調で言う。

「頑張ろう」

獅子王は傘の柄を握り締めて弓削に同調した。

「噂をすれば、野水だ」

日辻の傘が特別棟の方を向く。獅子王が二人の間からそちらを見遣《みや》ると、野水と猫川、乾が軒先で話をしていた。

和気藹々《わきあいあい》とした談笑に見えたが、ややあって乾は持っていた傘を野水に押し付け、自分は猫川の傘に間借りして研究棟の方へと歩き出す。

特別棟に取り残された野水はぼんやりと立ち尽くしていたが、獅子王らを見付けると、今のを見たかと言わんばかりに全身を動かして不満を露《あら》わにした。

「急には変われないよな」

日辻の苦笑いが同情の色を含む。

清廉潔白な紳士。

先人もそう振る舞いながら、内心では自身を解し、煮え滾《たぎ》る心で他者を赦しているのだろうか。嫌いな相手とも嫌な感情ともそれなりに付き合っていく、聖人ではないが悪人でもない何者かの人物像が獅子王の脳裏に浮かぶ。

その姿は曖昧《あいまい》な影で輪郭も定かではないが、いつか獅子王なりの言葉を、形を、与えられるのかもしれない。

傘の端を上げて空を仰ぐと、東の雲間から陽光が差していた。

第二話　鏡の国の旋律

問二

鏡が言いました。

「お前、偽物だろう？」

すると鏡は言い返しました。

「さてはお前が偽物だな？」

話を聞いて困った旅人は鏡を割ってしまいました。

こうして、誰もいなくなったのです。

1

昨日までは風景の一部でしかなかった。

校舎の下を潜るアーチは極寒の冬へとまっしぐらに繋《つな》がっているかのようで、吹いてくる風も厭《いや》に冷たい。

石畳を小さな獣が走り抜ける感覚と、ひとつ鋲《びょう》の外れた紙が寂しく翻る音。短いトンネルを通り過ぎる間だけ時が止まる虚《うつ》ろな錯覚が記憶に穴を空ける。

昨日までは。

獅子王と弓削が立ち止まって口を半開きにする。

日辻は右に倣いそうになる情動を抑えて、手の甲で彼らの顎《あご》を押し上げた。

「紳士が人前でする顔じゃないよ」

「人前だけ？　化けの皮紳士め」

弓削が喋《しゃべ》ると奥歯の噛《か》み合う振動が伝わる。獅子王が日辻の手首を掴《つか》む。彼は力も腕っぷしも強いが、痛みを一切感じないまま日辻の手が下ろされた。

「日辻は骨の髄から紳士だろう。生まれた時から学院式《シードウス》が身に付いている」

「身に付いてるのは理央の祖父《じい》さんと父さんじゃないか」

「一年前に学院の存在を知った僕よりは筋金入りだ」

獅子王が入学前の話をするのは珍しい。日辻が思った時には、弓削がもう言葉にしていた。

「越境生《ウオード》って身元保証人《ガーディアン》の家から受験するんだよな。一年で見付かるもの？」

「詳細に言い直すと一年と三ヵ月前。寮付きの準備校《プレップスクール》に入り、学校のサポートを受けて身元保証人と引き合わせてもらった」

学院のある街で育った日辻は学区外からの受験に明るくない。身元保証人を第二の家族と考えていたが、日辻の想像より事務的な側面が大きいように聞こえる。

「受験まで身元保証人の家に住むのだと思っていた」

「保証人の家から準備校に通う越境受験者は多かった。僕は審査を兼ねてお宅と準備寮を行き来したが、ホームステイした間で合格点は貰えたらしい」

獅子王の物言いは如何《いか》にも関心が低そうだ。彼は自身の話よりアーチの壁面に設置された掲示板に興味を示して、中でも一際、色鮮やかな掲示物に目を留めた。

「秋季芸術祭」

「あー、これ全部そうか」

弓削が納得して掲示板の全貌《ぜんぼう》に首を巡らせた。

昨日までは、黒いインクで印刷された白い紙ばかりが貼られていた。大半は教室の変更、試験範囲といった学業の連絡で、一部に生徒発信の募集——研究データ収集の呼びかけやクラブの紹介が紛れている程度である。

ところが、今日の華やかさと言ったら。この掲示板をシーツの柄にしたら夢が極彩色の異空間に侵食されるに違いない。

テキスタイルの作り込みが美しいリトグラフ、陰影のみで描かれた楽器のイラスト、伝統と奇抜さが混合する服飾のデザイン画、架空の風景画と見紛《みまが》うほどに幻想的な写真、クレヨンで描かれた幼くも温かいイラストもある。

文字量はバラバラだが、いずれも必ず教室名が明記されていた。

その中心に貼られているのが生徒会の署名が入った秋季芸術祭の告知である。

「随分と極端な様変わりだ」

獅子王が反対側の壁まで下がって掲示板を端まで視界に収めた。

「告知の解禁日だね。美術の授業で先生が仰っていた」

「言ってたか？」

「覚えていない」

弓削と獅子王が顔を見合わせて首を振るので、日辻は呆《あき》れて嘆息した。

「参加自由の行事だけど、興味くらい持っても損はしないと思うよ」

「道理で、あちこちから楽器が聞こえる訳だなあ」

アーチを潜って中庭に抜けると、開いた窓から放たれた音の数々が頭上で不協和音の渦を巻いた。四方に校舎がある為、音は壁に乱反射して分厚い層となり、唯一開放された空さえ透明な蓋《ふた》で覆われているような圧迫感がある。

「僕はアートに疎いから自分には関係ないと思ってしまった。音楽会の事？」

「獅子王、流石にオレでも内容は聞いてたぞ。作曲と絵と、あー」

「ファッションアート。それと工芸デザインだね」

「そうそう、家具とかの——ピャッ！」

弓削が一メートルも飛び退《すさ》った。

ベンチの傍に生徒が横になっている。寝ていると言うには態勢が固く、倒れていると言うには目付きが爛々《らんらん》としており、日辻は本能的な恐怖を覚えて足踏みした。

動じなかったのは獅子王だ。

「そこで何をしているのですか？」

訊《き》かれて、横向きの生徒が眼球を動かして獅子王を見上げた。黄色のネクタイが三年生の襟章に引っかかり、先端が捻《ねじ》れて危うく土に付きそうだ。

「人間は、天へと手を伸ばすあまり、生まれてから視界を下げようとしない」

「身長が伸びるからですね」

「そうとも。私は皆が忘れた景色を求めている」

黄ネクタイの生徒が芝生に右の頬を押し付け、左目を瞑《つぶ》る。頭が動くと潰《つぶ》れた頬の肉が唇を歪《ゆが》めたり目尻《めじり》を引き攣《つ》らせたりして、ムンクの有名な絵画を彷彿《ほうふつ》させる。

「嗚呼《ああ》、ゼロにならない。頭蓋骨《ずがいこつ》の厚みが邪魔をする」

「穴に埋まるしかないんじゃないですか？」

「！」

獅子王の率直な発言に、黄ネクタイの生徒は雷に打たれたかのように直立した。

「その手があったか」

彼は強引に獅子王と握手すると、弓削と日辻の手まで次々と握って、顔に芝と土を付けたままアーチの向こうへ走り去った。

「赤ん坊の視点でも地面から数センチは浮いているとは思うけど」

あの黄寮生が本気で中庭に穴を掘ってしまったら寮長に何と弁解をしよう。日辻は一抹の不安を抱きながらも、嵐が去った事に胸を撫《な》で下ろして弓削を振り返った。

「幸希、大丈夫？」

日辻が呼びかけても弓削は中空に焦点を漂わせてぼんやりとしている。相当驚いた様子ではあったが、ここまでとは思っていなかった。

「弓削」

獅子王が覗《のぞ》き込むように顔を見上げる。弓削は無に近い表情で薄く唇を開いた。

「なあ。皆、芸術祭の準備をしてるんだよな？」

「そうだろうね」

芸術祭の準備期間はクラブや課外授業も作品制作の支援になるから、実質上の休止と言って大差ない。

すると、弓削は眉間《みけん》に皺《しわ》を寄せて眉《まゆ》の形を出鱈目《でたらめ》に顰《ひそ》めた。

「同じ曲を弾いてる人がいる」

彼の言葉に、日辻は獅子王と視線を交わした。中庭に響き渡る音はどれも好き勝手野放図といった調子で、まずひとつの旋律を継続して聞き取るのが難しい。

弓削が耳の後ろに手の平を添える。

「やっぱり二人いる」

「何が問題なんだ？　同じ曲を練習しているだけだろう」

獅子王が首を傾げて言うのを聞いて、日辻は漸《ようや》く弓削の疑念に追い付いた。

誰もが芸術祭の準備をしている。

今、耳に聞こえる音は全て、芸術祭で発表する演目だ。

「問題だよ」

弓削が頬を丸くする。獅子王はまだ気付かない。

日辻は辺りに人がいないのを確認してから、獅子王に聞こえる限界まで声を抑えた。

「秋季芸術祭の音楽部門は『作曲』。同じ曲ということは」

「盗作」

察しの良い獅子王が核心を言葉にする。

日辻は何度も辺りを忍び見た。

無人の中庭に無数の音色が重なり、絡み合って反響する。不協和音の波が鼓膜をぞんざいに揺らして脳を掻《か》き回すようだった。

2

寮生の自由時間は少ない。

選択授業が終わるのが十八時、就寝が二十二時。四時間で食事、入浴、宿題と予習をすれば良いと考えると余裕があるように思えるが、実際に暮らしてみると食堂までの移動や風呂《ふろ》の待ち時間などが嵩《かさ》んで、寝る前に本を数ページ読むのがせいぜいだ。

相手がある場合は殊更、時間を合わせるのが難しい。

日辻は選択授業が早く終わったのを幸いに、弓削、獅子王と共に青寮に駆け戻った。

「ただいま帰りました」

「おかえりなさい。学校はどうでしたか？」

寮監の天堂がポーチで彼らを出迎える。掃き掃除をしていたらしい。おっとりして優しい人だが、今日ばかりは細やかな気配りがタイムロスを広げかねない。

「興味深いお話がたくさん聞けました」

日辻は答えながら、天堂から見えない背中で手の甲を振り、先に行けと二人を促した。獅子王と弓削が会釈をして玄関に上がる。

天堂はにこにこと笑顔を浮かべて、集めた落ち葉を塵取《ちりと》りに掃き入れた。

「私も先生方の授業を拝聴してみたいものです」

「寮監なら頼めば参観出来るのでは？」

「授業時間中はお仕事がありますから。でも、お昼は色々な先生と御一緒しています。芸術祭の準備で校内は随分と賑《にぎ》やかだそうですね」

「はい。ぼくも楽しみです」

日辻は言葉を結び、会話を切り上げようとして、行事前である事を急に実感した。学校があの調子だ。寮も徐々に慌ただしくなるのかもしれない。

「芸術祭の期間中は寮長の帰りが遅かったりしますか？」

「生徒会との打ち合わせは頻繁に行われると聞きました。瀬尾《せお》さんに用事でも？」

「生徒規範の項目で解釈に詰まる項目があったので、生徒の模範である寮長の御意見を伺いたく、いつ頃お帰りになるかなあと」

我ながら苦しい。脳内で反省会を始めた日辻を他所《よそ》に、天堂は落ち葉をゴミ袋に入れ終えて腰を弓形に伸ばした。

「では、瀬尾さんを見かけたら、日辻さんが話をしたがっていたと伝えましょう」

「お願いしていいのですか？」

「勿論《もちろん》」

「ありがとうございます」

怪我の功名だ。忙しい瀬尾を探し回るよりずっと遭遇率が上がる。

「どう致しまして。おや、お帰りなさい」

天堂が帰寮した生徒を迎える。日辻は会釈をして寮に入り、足早に寝室を経由した。向かうは風呂だ。混雑が始まれば無為に時間を食われる魔の大浴室である。

着替えを纏《まと》めて先を急ぐ。途中、用務員《ハウスメイド》の行田と行き合った。

「お前もか」

三白眼が億劫《おっくう》そうに日辻を捉《とら》える。背は高くないのに威圧感が強い。

「何でしょうか？」

「弓削と獅子王だ。早く入れろとせがんで、まだ掃除中だと言ったらブラシを奪って手伝い始めやがった。今日は何かあるのか？」

「さあ」

日辻は咄嗟《とっさ》に空とぼけた。弓削と獅子王が適当な言い訳をしていて、行田が裏を取ろうと目論《もくろ》んでいるのだとしたら、迂闊《うかつ》に理由を捏《でっ》ち上げないのが賢明だ。話が食い違う方が怪しまれる。

行田が日辻を見据えて目を細めた。

「ふん、お前は賢いな」

見抜かれている。しかし、盗作の件までは想像出来まい。

「失礼します」

「行け行け」

雑に追い払われて、日辻は脱衣所に駆け込んだ。

竹のマットが敷かれた脱衣所は広く、四段の棚が三つ並んでいる。頭上で回転するシーリングファンは熱と湯気を散らしてくれるが、今は薄《うっす》らと寒いだけだ。

棚の着替えを入れるバスケットが二つ使われている。空のバスケットが方々を向いているのは弓削が手伝った所為《せい》だろう。行田は定時上がりにこだわり、いつも気怠《けだる》げだが、仕事で手を抜くところを見た事がない。

日辻は着替えをバスケットに入れ、脱いだ服をランドリーバッグに詰めると、一秒を惜しんで浴室に移動した。

湯気が薄い。シャワーの音に紛れて話し声が聞こえる。

「どうやって瀬尾さんを捕まえるか」

「毎日、会える訳じゃないもんな」

獅子王と弓削が唸《うな》る。日辻は弓削の右隣の衝立《ブース》に入ってシャワーヘッドを外した。

「会えそうだよ」

「理央」

弓削が顔を上げてこちらを向いたが、シャンプーの泡を避《よ》けて目を瞑《つぶ》っているので何も見えないだろう。ふわふわした癖毛が濡《ぬ》れて狭い額が曝《さら》け出されている。

反対隣の衝立から獅子王が上体を反らしてまん丸の頭を覗《のぞ》かせた。

「自信の出所は？」

「寮長に質問があると言ったら、寮監に声を掛けてもらえる事になった。校則についてだと話しておいたから心配要らない」

「していない。日辻は考えて分かるヘマはやらかさない」

「……そう」

予想外の賛辞に照れてしまった。日辻は衝立の内側に入り、頭からシャワーをかぶった。日辻は獅子王こそ思慮深いと思っていたから心臓の表面がこそばゆい。

「サウナ入って来ていい？」

「夕食を早く済ませて寮長を待つ計画だ」

「少しだけ。いつも上級生がいて入り難《にく》くて」

弓削が駄々を捏《こ》ねながらシャワーで衝立の内側を流す。獅子王を困らせるほどの事ではないだろう。日辻は横から口を出した。

「まあ、いいんじゃない？　寮監のお陰で待ち伏せはせずに済みそうだ」

「やった！　獅子王も理央も早く。他の奴が入ってくるぞ」

見ると、脱衣所の曇りガラスを隔てて幾つかの人影が動いている。

日辻は気持ち急いで泡を洗い流し、タオルを手に取って弓削の後を追った。

大浴場に広い浴槽はない。他寮は知らないが、青寮には小さな浴槽が二つあり、片方は湯を、もう一方は水を張って常に濾過《ろか》機で循環している。火を焚《た》くのは一時間に一回なので大抵どちらもぬるま湯だ。

大勢入れるのはサウナだがそれでも定員はあるので、下級生が利用出来る機会はないに等しかった。

「思ったより狭い」

木製の扉を開けるなり、弓削が不平を鳴らす。

中は十畳ほどの部屋だった。壁も床も天井も檜《ひのき》の板張りで、三方に雛壇《ひなだん》状のベンチが作り付けられている。蒸せ返る熱気の発生源を辿《たど》ると、扉の並びにストーブの様なスチーマーがあり、上部に石が積んであった。傍には水道の蛇口と桶《おけ》がある。

「石にお水を掛けるのかな」

「充分暑いけど」

「座る？　上の段？　下？」

不慣れな三人が部屋の中央で思案に暮れ始めた時、突然、入口の扉が開いて上級生が入室して来た。

「上段に行くほど暑い。初めは下に座るといい」

長身だが華奢《きゃしゃ》に感じさせない均整の取れた筋肉、濡れて後ろに流した前髪が彼をより大人びて見せる。安定した重心の運びと理知的な面差しは落ち着いた印象を与えて、室内の空気が緊張したが、不思議と居心地の悪さを感じさせない。

「寮長、こんにちは」

獅子王の挨拶《あいさつ》が場違いに聞こえた。

彼が青寮四年生、寮長を務める瀬尾である。

瀬尾は日辻に視線を留めて意味深長に一度、瞬《しばたた》かせた。続いて、獅子王と弓削を横目に捉える。

日辻は視線の意味に気付いて、二人に手招きをした。

「寮長を探していたのはぼく個人ではありません。弓削と獅子王も一緒です」

人払いの必要性を日辻に問うていたのだ。仮に内密な相談を望んでいた場合、親しい友人でも寮長を探していた事すら気取られたくないだろう。

瀬尾は視野が広く、柔軟だ。

「では、ここで聞こう」

彼が正面中央のベンチに腰を下ろす。弓削と獅子王が瀬尾の右側に並んだので、日辻は左隣に座った。

「放課後、中庭で楽器の音を聞いていました。そこで弓削が気になる事を」

「具体的には？」

「同じ曲を弾いていた人が二人いました」

弓削が明朗に答える。日辻は思わず口元に人差し指を立て、入口の方を窺《うかが》った。風《ふ》呂《ろ》からはシャワーの音も聞こえない。

「心配は無用だ。扉は分厚い」

「はい」

日辻は居住まいを正して腿《もも》に掛けたタオルの皺《しわ》を伸ばした。

「芸術祭で同じ曲を弾く事はあり得ません」

「ふむ。弓削、確かか？」

瀬尾に訊《き》かれて、弓削が背筋を垂直に立てる。

「絶対です」

「二人にはどう聞こえた？」

瀬尾が左右を順に見る。

日辻はすぐには答えられなかった。日辻には不協和音の塊にしか聞こえなかったからだ。断言出来る弓削が羨《うらや》ましくさえある。

獅子王も難しい顔だ。

「色々な種類の楽器の音が混ざっていて、ぼくはメロディをひとつも聞き分ける事が出来ませんでした。だから、聞こえたという弓削の意見を尊重します」

「成程。日辻は？」

顎《あご》から汗が滴り落ちる。

「幸希……弓削は意味もなく嘘を吐く奴ではないです」

日辻に言える精一杯の答えだった。

瀬尾の吐いた溜息《ためいき》が、何故か胸に刺さった。

「二人が既存の練習曲を使用していた可能性もある」

「そうですね」

弓削も受験前に入試対策で楽器をかじったが、願書には書けるレベルに到達出来なかったと日辻にぼやいた事がある。割合で言えば彼が知らない曲の方が多いだろう。

瀬尾が眼差《まなざ》しを上げると、眉間《みけん》から伝う汗が睫毛《まつげ》に弾《はじ》かれた。

「演奏者達を探して確認したい。弓削、獅子王、日辻。協力を頼めるか？」

「はい！」

下された密命が獅子王と弓削の頬を紅潮させる。日辻の身体も熱で火照りはしたが、意識は奇妙にも氷の様に冷えていた。

3

翌放課後。

日辻は五線譜に短い斜線を連ねて、ペンで顳顬《こめかみ》を突《つ》いた。ノック式のトリガーが頭《ず》蓋骨《がいこつ》に振動を伝える。

「こうかな？」

「歌ってみて」

「嫌だよ」

弓削にせがまれて、日辻は即座に拒否した。教室にはまだ下校前の一年生が数名残って談笑している。

弓削が机の下で足を上下させた。

「楽譜見てもオレには合ってるか分からない」

「習ったんじゃないのかよ」

日辻は整えた前髪の奥で眉《まゆ》を盛大に顰《ひそ》め、渋々弓削を手招きした。身を乗り出した彼の耳元に手を添えて、囁《ささや》く小声でハミングする。

「るーれるーのトコがちょっと違う」

「高い？　低い？」

「遅い」

「連符かな」

日辻は楽譜を修正して、ペンで机を突いてリズムを刻んでみる。

「それそれ」

「よし、出来た」

捜索の一手目は、弓削にしか聞こえなかった曲を誰にでも聞き取れるようにする事だ。初めは弓削が書いて獅子王が歌ったが、齟齬《そご》が永遠に埋まらなかった為、この布陣になった。

「役に立てなくてすまない。僕は絵や歌の類《たぐ》いが苦手だ」

「誰だって得手不得手はあるさ。俺は特別教室棟で寮長と合流するから、幸希と獅子王は本校舎から南回りで頼んだ」

「よろしくな、獅子王」

弓削が調子好《よ》く右目を瞑《つぶ》ってみせる。不安だ。

「獅子王、本当によろしく頼む。幸希が無茶をしないようしっかり見張ってくれ」

「分かった」

日辻の懇願に、獅子王が胸に拳《こぶし》を当てて表情を引き締めた。


「適切な組分けだ」

楽譜に目を通した後、瀬尾は一言そう言って五線譜を返した。

寮でも隙を見せない寮長だが、学校で見ると一段と別世界の住人に思える。凛《りん》とした佇《たたず》まいに馴染《なじ》んだ制服は一年生の制服とは別物の仕立ての様で、ネクタイの青はサファイアを織り込んだかのような高潔さを感じさせる。

静かな眼差しは思慮深く、通った鼻筋と骨張った長い指、首の太い筋に成長の歳月が見て取れた。あと三年経てば日辻も彼の様になれるのだろうか。

「どうした？」

視線を気取られてしまった。日辻は慌てて目を逸《そ》らした。

「いえ。獅子王に自信がなさそうだったので、曲を聞いている弓削と一緒に行く方が安心出来ると思いました」

「青寮《うち》でよかったな」

「青寮で？」

瀬尾の言葉の意味が分からなくて、日辻は純粋な疑問を口にしてしまった。瀬尾が顎で促して歩き出した。

廊下には昨日同様、無数の曲がごった返しに反響している。この中からひとつの音に集中するのは難しいが、フレーズを探すだけなら注意すれば出来そうだ。

特別学習棟の一階を通り過ぎ、瀬尾が日辻を振り返る。楽譜の曲はなかったように思って日辻が首を振ると、瀬尾が校舎端の階段を上り始めた。

「各分野で秀でた奨学生《スカラー》を集めた特別寮と違って、他の四寮は新入生の振り分けに偏向がない。しかし、寮ごとに伝統の様なものはある」

「赤寮はスポーツに力を入れていますね」

「年中行事全てに奔走する訳にはいかないと自粛した寮や、各寮に花を持たせる譲り合いが元とも言われている。青寮と緑寮は現在まで受け継がれなかったらしい」

まだ名が挙がっていない一寮。

芸術方面に弱い獅子王。

「獅子王がもし黄寮に入っていたら肩身が狭かった……？」

「とは言え、所詮《しょせん》は気持ちの問題だ」

瀬尾が薄く失笑して踊り場を折り返す。日辻は手摺《てすり》を摑《つか》み、踊り場で反転する遠心力で瀬尾に追い付いた。

「青寮に伝統はないのですか？」

「強いて言えば、個人主義」

伝統と呼ぶには杜撰《ずさん》な答えに聞こえるが、瀬尾の横顔は冗談を言っているようには見えない。

「君は御家族も卒業生だったな」

「はい」

日辻は答えて横を向いた。顔に出ていただろうか。祖父と父から格式ある学院の話を語り継がれて育った日辻である。物足りないと感じた気持ちは否定出来ない。

「特別寮には格調高い伝統も継承されているらしい」

瀬尾が日辻の肩を軽く叩《たた》いて二階の廊下へと進んだ。

彼の声も顔も平生通りだったが、日辻は後ろめたい感情が雫《しずく》となって体内に滴り落ちるのを感じた。

ただの雑談に過ぎない。だが聞き様によっては、特別寮に入れる程の才能がなかった日辻が悪いとも、期待に応《こた》えられない青寮の非とも受け取れる。

シードゥス学院は祖父の誇りだ。彼は曽祖父《そうそふ》が自分を学院に入れてくれた事に感謝して、父が学院に入った事を心から喜び、日辻の入学が決まった時は杖《つえ》も足の痛みも忘れて祝いに駆け付けた。

親戚《しんせき》や近所の住人まで輝かしいと彼らを讃《たた》え、学院では教師も素晴らしいと膝《ひざ》を打つ。弓削でさえ。獅子王でさえ。

「日辻」

瀬尾に呼ばれる深い声で、日辻は自分の周りに音が溢《あふ》れている事を思い出した。

弦楽器、管楽器、鍵盤《けんばん》楽器。意識すると五月蠅《うるさ》くて耳を塞《ふさ》ぎたくなる。窓の外からはテレピン油の匂いが迷い込んで鼻を突き、木材を切る工具の音が無粋に交ざって聴覚を掻《か》き回すのだから堪《たま》らない。

「これではないか？」

「何がです？」

思わず眉間《みけん》に皺《しわ》を寄せた日辻を、瀬尾が意に介した様子はなかった。

「ピアノに耳を絞って、この先だ」

瀬尾が歩いて行く先には音楽室がある。音楽室の壁際にはアップライトピアノを一台ずつ入れた個人練習室が並んでおり、それぞれから音が漏れ聞こえていた。

「……あ」

日辻は一瞬、既視感を覚えた。ピアノの音は複数が重なって音楽室で練習する他の楽器が間に割り込むが、耳から脳に届いた瞬間、弓削の声が甦《よみがえ》る。

扉に身体を寄せて耳を欹《そばだ》て、ガラス窓から中を窺《うかが》う。一室ずつ摺《す》り足で移動して、その曲を奏でる人を最奥の練習室で見付けた。

日辻は目を疑った。

「瀬尾寮長。あの人は……」

練習室でピアノを弾く生徒は黄色のネクタイをしている。襟章の数字は四。制服の上着に動きを制限される事なく滑らかに鍵盤を叩いては楽譜にペンを走らせる。

ナチュラルショートの髪が窓から差す陽光に透けて、いつもは気弱な印象すらある優しげな眼差《まなざ》しが、今は真剣に研ぎ澄まされているのが見えた。

「小鳥遊《たかなし》」

瀬尾が唇の形だけで呟《つぶや》いた名。

黄寮を取り纏《まと》める黄寮長、小鳥遊雛多《ひなた》である。

彼が鍵盤に手を置く。奏でられる旋律を楽譜と照らし合わせて、瀬尾が微《かす》かに眉《まゆ》を寄せる。動揺と呼ぶにはささやかで、しかし瀬尾には滅多に見られない表情だった。

「弓削達と合流しましょう。二人見付からなければ弓削の勘違いです」

瀬尾がドアノブに掛けた手を下ろして毅《き》然《ぜん》と身を翻した。

「心配は無用だ」

悠然としてみせる彼の背中に焦りが滲《にじ》んで、日辻はじわじわと事の重大さを認識し始めた。

寮長は生徒会に並んで全校生徒の規範となる。寮の秩序は寮長を主軸に維持されて、寮長の個性で毎年のカラーが決まると言っても過言ではない。

前年の寮長と寮母、寮監が会議を重ねて人選し、生徒会と校長の承認を得て、寮長は次代に引き継がれる。寮長を経た生徒は五年生に進級して監督生となる者も多い。

寮長が不正を働く。

その意味は言葉以上に重く、影響は計り知れない。

黄寮の寮長を再選出する為に幾度となく会議が開かれるだろう。黄寮生に対しては説明の場を設けて、ケアに人員を割き、相談員を窓口に常駐させる必要がある。

そして、黄寮長本人にはどれほどの罰が課されるのか。

(気が早い)

日辻は心の中で自身を諫《いさ》めて思考を強制停止した。二人目がいなければ何の問題もない。特別練習棟を出て本校舎へ向かう足が徐々に速くなる。

結論から言おう。

弓削と獅子王は合流するなり、こう言った。

「見付けた！」

「アレンジされていたが、僕でも分かるくらい明白に楽譜と同じ曲だ」

絶望が、蜘蛛《くも》の糸に鋏《はさみ》を入れた。

4

二人目は黄色いネクタイをした二年生だった。

本校舎北階段の最上階。南階段は屋上に出られるが、北階段側は施設の整備用で、生徒は立入禁止とされている。

古い鉄扉から隙間風が吹き込んで立入禁止の札を揺らし、雨が降れば雨樋《あまどい》から漏れ滴る水が何処かを穿《うが》つ音がする。階下からは生徒の声が響くが会話はぼやけて聞き取れず、かと思えば単語の断片がやけに明確《はっき》り聞こえて雑音として黙殺しきれない。おまけに空調が絶妙に届かない。煩わしい事この上ない場所だ。好んで近付く生徒はいないだろう。

その、鍵《かぎ》とチェーンで鎖《とざ》された鉄扉の前に彼はいた。

プラスチック製のおもちゃのグランドピアノを床に置き、背骨を丸めて鍵盤を叩く。拙《つたな》い演奏に簡素なアレンジ、だが主旋律はまさに小鳥遊のピアノと等しいメロディラインを描いていた。

「鷲見砂帆《すみすなほ》、黄寮所属の二年生。芸術祭での受賞歴、及び音楽系の課外活動記録はない。ヨットクラブに所属していたが、怪我が原因で夏休み前に退部した」

瀬尾が手帳を開いて左右に行き来する。日辻は青寮前の花壇の縁石に座り、弓削、獅子王と共に瀬尾の動きを目で追いながら耳を傾けた。

「鷲見先輩って、ヨットの国体選手ですよね？」

「国体に出たのは五年生の鷲見だな。鷲見砂帆の兄だ」

「兄弟でシードゥス！　家族揃って入ってるの、理央だけじゃないんだなあ」

弓削が感嘆の声から吐息を抜く。

「珍しくないだろ。もし俺に兄弟がいたら一緒に通っている」

「そういうものか……」

獅子王までもが思慮に暮れるので、日辻は自信がなくなってしまった。

「話を続ける」

「あ、ごめんなさい」

弓削が頭を下げると、瀬尾が手で宙を払って返した。

「彼の友人の話では鷲見は楽器を借りる当てがなく、寮で埃《ほこり》をかぶっていたおもちゃのピアノで作曲をしているらしい。昨日は件《くだん》の友人に急用が入り、アコーディオンが借りられたそうだ」

弓削が聞いた音はアコーディオンだろう。おもちゃのピアノよりは音が響くし、場所も友人が楽器を置いている教室だとしたら中庭まで響いても不思議はない。

「目撃者の話によると、鷲見は弾きづらそうにして二度ほどでやめたという。弓削以外に気付いた生徒はいない可能性が高い」

「幸希は小さい頃から悪運が強いというか、タイミングが絶妙というか」

「入試の時も交通事故に巻き込まれて遅刻したけど、お陰で一時間目の英語だけ三日後に再試験になって、ラストスパート詰め込めたやつ」

「あんまり外で言うなって」

日辻は手の平をむけて弓削を制した。奨学生《バーサリー》の入試に不正を疑われては学費援助に支障が出かねない。交通事故の当事者達も——負傷者は出なかったが、『お陰』と言われては不本意だろう。

弓削が親指と人差し指で丸を作る。日辻は嘆息して腕を下ろした。

入れ違いで獅子王が挙手をする。

「曲は既存の作曲家によるものだったのでしょうか？」

瀬尾が頭《かぶり》を振った。

「事情を伏せて音楽家をしている卒業生に楽譜をお見せした。データベースとも照合して頂いたが、該当する曲はないと回答が来た」

「つまり……」

獅子王が顎《あご》に拳《こぶし》を当てて押し黙る。

小鳥遊と鷺見が偶然、同じ曲を盗用した線は消えた。残るはどちらかがもう一方を盗作して、アレンジで誤魔化《ごまか》そうとしている可能性である。

「個別に話して是非を糺《ただ》す。君達は」

「寮長」

部屋に帰される。日辻は直感して瀬尾が言い終わる前に言葉を遮った。

「鷺見先輩の方はぼくに行かせてもらえませんか？」

らしくない。日辻自身も思ったのだから不審がられても無理はない。日辻は論文を書くように理路整然と正当性を主張した。

「他寮の寮長が話を聞くとなったら、内容が内容なだけに人目を憚《はばか》ります。相手も緊張するでしょう。ぼくが探りを入れる方が警戒も薄いはずです」

密《ひそ》かに見上げると、瀬尾が日辻を見詰めて顎を引く。

「分かった」

「ありがとうございます」

「くれぐれも探るだけだ。確信が得られたら生徒会に預ける」

「承知しました」

疑念を気取られない。糾弾しない。

日辻は重石《おもし》を置くように、責任と約束を腹に据えた。

5

夏が戻ってきたと皆が言った。

寝苦しさで目を覚ました生徒が起床の鐘より早く動き出し、数人が風呂《ふろ》の使用を求めて寮長の部屋に押しかけた。

一寮で一人に許せば、各寮全体で二時間の遅れが見込まれる。青寮では二宮寮母と天堂寮監まで呼び出される事態に及び、濡《ぬ》れタオルで体を拭《ふ》く事が許可された。臨時でタオルを配る羽目になった行田が最大の被害者だろう。

石畳に熱が籠《こも》り、風さえも生温《なまぬる》い。季節が逆行したかのような陽気に、終《しま》いには蝉が鳴く始末だ。

しかし、眩《まぶ》しい陽光に瞼《まぶた》を細めて見上げれば、天高い秋の空。

開け放された窓から多種多様の音色が軽やかに上っていく。

軽やかだ。

日辻は眇《すが》めていた目を瞠《みは》った。

二日前は無骨な音の殴り合いの様ですらあった。だが、曲作りが進み、洗練されて、不協和音ではあるが旋律のラインが追いやすくなっている。

遠からず、誰もが小鳥遊と鷲見の曲の近似に気付くだろう。

日辻は売店で買ったパンを二口で平らげて、一般教室棟の廂《ひさし》に入った。

「理央！」

「幸希」

戸口で手を振るのは弓削だ。午前の授業が終わり、獅子王と共に学食に向かったと思っていた。

「お昼ごはんは？」

「食べたよ、うどん。冷製パスタにすれば良かった」

弓削が暑い暑いとくり返し、手を団扇《うちわ》にして顔を扇《あお》ぐ。昼食を売店で済ませた日辻を凌《しの》いで先回り出来るとは、

「早いなあ」

「一人だったらこんなもんだよ。行こうぜ」

「何処に？」

「鷲見先輩のとこ」

弓削が歩き出したのは目的の方向とは真逆である。どういう風の吹き回ししか知らないが、行きたいと言うなら日辻に彼の同行を拒む理由はない。

「こっちだよ」

日辻は弓削を引き戻し、北階段を最上階まで上った。

いつもの場所に鷲見はいなかった。

急な夏日で慌てて冷房に切り替えた為、空調に不具合が起きたらしい。業者の職員が忙《せわ》しなく屋上に出入りして、彼の定位置は機材に占領されていた。

「困った」

「あの、屋上で何かあったんですか？」

背後からおどおどした調子で話しかけられて、日辻は笑顔で振り返った。

「空調の工事みたいです――あ」

「え？」

日辻の表情に呼応して身を竦《すく》めた、黄色いネクタイの二年生。

年齢の割に筋肉が引き締まっているのはクラブで鍛えた名残だろう。姿勢を正せば身長も平均以上にありそうだが、荷物を抱えている所為《せい》で毛布を被《かぶ》ったみたいに背骨が湾曲する。

伸び始めの前髪が眼鏡の縁に掛かって困り眉《まゆ》が陽に透けた。

「鷲見先輩だ」

弓削が遠慮なく彼の名を呼んだ。

「え、あの、一年生？　何かの授業で一緒だった？」

「すみません、友達が突然。ここで何度か見かけた事があったので、ちょうど今日もいらっしゃるかなって話していたんです」

「あ、ごめんね。ぼくが君達のお気に入りの場所を塞《ふさ》いでしまっていたんだね」

「違います、全く違います」

「本当？」

この弱気は何だろう。鷲見は後輩相手だというのに謙《へりくだ》って後退《あとずさ》りする。

腕にはおもちゃのピアノを抱えており、発表を取り止める気はなさそうだ。

「南側にも静かで涼しい場所があるんです。鷺見先輩もよかったら一緒に行きませんか？　ここにいては邪魔になりそうですし……」

日辻が作業を横目に示すと、鷺見は竦み上がって首を縦に振った。

気まずい沈黙に苦しむほどの距離はなかった。

一般教室棟、南階段を上って屋上に出る。

「こちらです」

日辻は生徒が憩うベンチには向かわず、フェンスの隅にある格子扉を開けた。

「そんな所、入っていいの？」

「大丈夫です」

通常、格子扉は閉じているが、鍵《かぎ》は掛かっていない。戸の先は狭い踊り場から短い階段を数段下りて、再び一メートル四方の狭い踊り場に行き着いて終わる。

「卒業生の父に教えてもらいました。非常時にここから梯子《はしご》を下ろして三階に避難したり、梯子車のクレーンを取り付けたりする為にあるそうです」

「お父さんが……」

鷺見は暫《しばら》くの間、借りてきた猫みたいに所在なさそうに辺りを見回していたが、日辻が階段に腰を下ろすと、怖々ながら踊り場にピアノを置いて膝《ひざ》をたたんだ。

弓削は格子扉に頬杖《ほおづえ》を突いて屋上側から階段を見下ろしている。

「芸術祭の作曲ですか？」

「うん。何もかも初めてで手探りなんだけど、期日までに形に出来ればいいなって」

鷺見が人差し指で鍵盤《けんばん》を押す。叩《たた》くとは言い難い辿々《たどたど》しい手付きから生まれる音は小さく、傍らに座る日辻にも辛うじて聞き取れる程度だ。

音楽室で聞いた小鳥遊の演奏は繊細にして華やかで、伸びやかなフレーズにはジャズの自由さをも感じ取れる、幅と深みのある曲に仕上がりつつあった。このまま差が開いていけば、二作家による『野ばら』の様に、主旋律が似ているだけの別物になるのかもしれない。

（このまま気付かれずに）

日辻の脳裏に放棄の文字が過《よぎ》る。その甘美な無責任さに安堵《あんど》を覚えかけて、日辻は拳《こぶし》で自身の腿《もも》を打った。笑顔は崩さなかった。

「何がきっかけで芸術祭に出ようと思ったのですか？」

曲の切れ間に問いかけると、鷺見はノートに黒丸を書き入れながら困ったように言葉を探した。

「きっかけ……どうして曲を作り始めたかという意味だよね。どうして……そうだね、どうしてかな」

五線譜がないのだろう。英語のノートを楽譜代わりにしている為、オクターブ上のレから先が空白にはみ出している。彼はドから数え直して書いたばかりの音符を消し、半音下に書き直した。

「クラブを辞めて時間が余っていたから……かもしれない。家族も新しい事を始めてみるといいと言ってくれて……それと、何だろうな」

「家族に言われたから、ですか？」

「う、うん」

鷲見の顔が曇る。額に皺《しわ》が寄り、頬骨が張る。奥歯を強く噛《か》んだからだ。

日辻は一段上に右の膝を突いてしゃがんだ。踊り場に座る鷲見と視線の高さが等しくなった。

「無理をして作っているのではありませんか？」

「何故そんな風に言うの？」

「…………」

「ほら、あれですよ！　作曲って内から湧き上がってどわーっと作り出すイメージじゃないですか。作れって言われていきなり思い付けるものなのかなって、そういう質問だよな？」

弓削が饒舌《じょうぜつ》に解説を加える。鷲見が弓削に曖昧《あいまい》な笑みを返して、理解したフリをしたのが分かった。

「インスピレーションが内側から出て来た訳ではないんだけど……」

言いながら鍵盤に人差し指を置く。妙に軽いレの音が鼓膜を揶揄《からか》うようだ。

「家族は喜んでくれると思う。昔からそうなんだ」

鷲見の話がパズルのピースの様に、日辻の心に嵌《はま》って溶ける。

日辻がシードゥス学院を目指すと話した時、家族は好きにすればいいと言ったが、合格を告げた時は父も祖父も誇らしげだったのを覚えている。

入試の面接でも、入学してからも、代々シードゥス学院の卒業生だと知ると、どの先生も多くは語るに及ばずとばかりに態度を緩めた。

「人から見た自分を行動の基準にして楽しいですか？」

「理央」

弓削の声が遠くに聞こえる。

『化けの皮紳士め』

彼の冗談は言い得て妙だった。皆が日辻を信用するのは『卒業生の子供』だからだ。化けの皮の中身を見もしないで優等生の型で押し固める。

「皆の期待に応《こた》えなければならない。失望されるのが怖くて、けれど虚勢を張って取り繕ったところでいつかは気付かれる。人真似の偽物だと」

「君は……」

「理央！」

格子扉を開き、弓削が日辻の肩を摑《つか》む。ジャケット越しに指が食い込む痛みで我に還《かえ》ると、弓削が怖い顔をしていた。

「鷲見先輩。此奴《こいつ》、暑さでぼーっとしてるみたいです。連れて帰ります」

「そういえば顔色が悪いね。水を飲んで、塩分も取った方がいいよ」

「ありがとうございます。立てるよな」

弓削が二の腕を叩いて日辻を追い立てる。日辻は撥《は》ね除《の》けようかとも思ったが、確かに頭がぼんやりして自分の話した言葉が意識の下でうまく繫《つな》がらない。石段を上っているのに柔らかい土を踏む感覚がする。

格子扉が閉じそうになって反射的に手で押さえた時、

「あの、『りお』君？」

重い頭で振り返ると、鷲見が怯《おび》えるように目を逸《そ》らす。日辻は口を開くのが億劫《おっくう》で黙って立ち止まっていた。方々から聞こえる楽器の音が俄《にわ》かに弱まって、彼の声が澄んで聞こえる。

「ぼくは曲を作るの楽しいよ。家族が喜んでくれたら嬉《うれ》しいと思う」

（そんな事は知っている）

日辻の幼い対抗心が脳の裏側に火を点《とも》す。

「それにぼくは黄寮だから、この曲を完成させたら寮長もきっと喜んでくれる」

「……小鳥遊寮長？」

「うん」

相好を崩した鷺見の笑顔はとても偽証には見えない。小鳥遊の曲を盗作した犯人だとしたら、記憶を失っているか、無恥を極めた厚顔の持ち主だ。

「お邪魔しました。頑張ってください」

火を強引に吹き消すように、弓削が日辻の背を押して屋上に上がらせる。

ゆっくり閉じた格子扉の向こうでおもちゃのピアノの音色が踊った。

6

眉間《みけん》にジュースの紙パックを突き付けられている。

「肩入れし過ぎ」

「ごめん」

日辻は両腕を持ち上げて紙パックを受け取った。日辻も弓削もオレンジジュースが好きなのに、弓削はいつも桃のジュースを買って寄越《よこ》す。

飲み口を立てて口腔《こうこう》に注ぐように飲むと、果汁の濃さが渇いた喉《のど》に滲みた。

「オレは何か面白そうで入ったから伝統とか血筋もプレッシャーも分からないけど。理央がシードゥスと家族をすげー大事にしてるのは知ってる」

弓削の物言いは何とはなしに不満そうだ。

「多分、鷲見先輩もそうで、だったら、道を間違えそうだったら、止めたくなるよ」

言葉を繰るごとに失速して、弓削は遂に頰を膨らませて黙り込んだ。

幼い頃、弓削は風邪を引くとひどく気弱になった。身体が丈夫で楽天的な彼は、床に寝付くという慣れない状況に追撃のダメージを受けるらしい。

枕を濡《ぬ》らして落ち込む弓削を慰めたのは桃の缶詰だった。

彼はよく、桃は看病の味と言うから、慰めているつもりなのだろう。

日辻は喉《や》が灼けるほどの甘さに苦笑いした。

『何か面白そう』で奨学生には合格出来ないよ」

「まあまあ、オレの悪運が火を吹いたからね」

弓削が悪戯《いたずら》っぽく笑い返す。日辻に漸《ようや》く時間を気にする余裕が生まれた。

「午後の授業には間に合いそうだ。一瞬ヒヤッとした」

「世界史、もうちょっと映画っぽく教えてくれないかなあ」

「分かる」

食後に受けるには睡眠との親和性が高い授業である。日辻はジュースを飲み干し、紙パックを潰《つぶ》してリサイクルボックスに入れた。

「ところで、理央。どうしてオレが昼ごはん一人だったと思う？」

自分の為と考えると自惚《うぬぼ》れに思えて日辻は答えを躊躇《ためら》った。心配したのは事実だろうが、わざわざ掘り返して言葉にさせるほど弓削は野暮ではない。

問われているのは『昼食を一人で食べた理由』。一点に絞ると回答は変わる。

「獅子王がいなかった」

「正解。獅子王は瀬尾先輩に付いて行った。この意味、解るだろ。獅子王だぞ？」

念を押されて、日辻の脛《すね》から寒気が這《は》い上がった。

獅子王は洞察力に長《た》けている。共に行動しても彼だけが見聞きし、気付いている事が度々あった。そして、彼は得た情報を整頓《せいとん》する推理力を持ち合わせていた。

同じ曲を作る二人の素性を聞いて日辻は鷲見を怪しんだ。彼の境遇が自分に似ていて、また兄が活躍するクラブを怪我で引退したという不運な背景に、追い詰められる理由があると踏んだ為だ。だから、日辻は鷲見を探る役目を買って出た。

「獅子王は、小鳥遊先輩を疑っている？」

弓削が首を傾げて頭を振った。

真意は獅子王当人にしか分からない。

いつの間にか音の止んだ中庭に予鈴が鳴り響いた。

★

シードゥス学院には、一般生徒は疎《おろ》か教師さえ不可侵の部屋が存在する。

長議室は筆頭に当たる。

半球体の天井を六本の柱が支える円形の部屋だ。高い天井の真下、部屋の中央には輪状の円卓が鎮座しており、五脚の椅子が等間隔にテーブルを囲んでいる。

柱に施された彫刻はコリント式によく見られるアカンサス、壁面はパネルに葉形と組紐《くみひも》飾りがあしらわれて、グリザイユの陰影が空間ごと荘厳な低温の底に沈める。

初めて長議室に足を踏み入れた者は、体内の血液が冷える感覚に囚《とら》われるだろう。

獅子王が平然としていられるのは長議室に来た経験があるからか、本人の肝の据わり方か、或《あるい》いは彼が呼び出す側に立っているからかもしれない。

立場は人の有り様を変える。

意志で変わる者、無自覚に変わってしまう者。

獅子王の前に立つ彼はいずれかに該当するのだろうか。

ナチュラルショートの髪が耳に掛かるのを気にしながらジャケットのボタンをひとつ外す。それは椅子に座る前の所作だったが、彼は躊躇うように椅子の背に立ち、背《せ》凭《もた》れに両手を載せた。

薄暗い長議室にあって、黄色のネクタイが鮮明に色彩を放った。

「寮長会議ではなかったのだね。瀬尾が呼びに来たから珍しいと思ったけれど」

「来てもらったのは小鳥遊、君だけだ」

瀬尾の静かすぎる佇《たたず》まいは感情をまるで読み取らせない。

小鳥遊は愛想よく笑みを湛《たた》えていたが、仏頂面二人に挟まれて、氷に熱が吸い取られるかのように微笑みを弱めた。

「青寮の一年生、獅子王君だったかな」

獅子王が目礼で頷《うなず》く。

「サプライズパーティーの打ち合わせ……ではなさそう」

小鳥遊の身を削るようなジョークが硬い雰囲気の中で空振りする。

正午の日差しは高く、窓の外ばかりが明るい。昼休みの校内に飛び交う楽器の音もここまでは届かない。

壁に刻まれた校章のレリーフが、佇む瀬尾を眼下に収めた。

「小鳥遊。君が作っている曲を聞いた」

「そうなんだ？　ありがとう」

「同一と認められる旋律を書いた者が校内にいる」

瀬尾は事実だけを伝えて、その意味を聞く者に委《ゆだ》ねる。

小鳥遊も寮生を束ねる役割にある寮長だ。心の機微や意図を汲《く》み取る能力で瀬尾に劣る道理がなかった。

「ぼくを呼び出したのは、ぼくを疑っているから？」

笑みが消えた小鳥遊の顔は別人の如き威容であった。否、彼をよく知る瀬尾は変わらず端然としており、小鳥遊の一側面に過ぎないと気付かされる。

獅子王には幼い驚きが僅《わず》かに浮かんだが、怜悧《れいり》な眼差《まなざ》しを小鳥遊に定めると、伏せかけた額を気丈に反らした。

「寮長は公平かつ公正に双方を確かめようとしています。疑っているのは僕です」

「それでは、君の話を聞きましょう」

小鳥遊が椅子を引く。

穏やかな空気、優しげな面差しには慈悲が溢《あふ》れ、とても赦しを乞《こ》う者には見えない。罪を犯した者が必ずしも赦しを求める訳ではないが、彼には露見の恐怖も寄せ付けない崇高さがあった。

獅子王は細い首が折れそうなほど力を籠《こ》めて気を張った。

「曲を作った二人が何者か判明した時、立場ある人が危険な橋を渡るだろうかと考えました。盗作が発覚した場合、寮長の役職は言うまでもなく、これまでに築いた信頼も大きく揺らぐ事は明白です」

「ぼくは他の寮長《みんな》に比べて信頼を得るような目覚ましい活躍をしたとは言い難いよ」

「寮長になったという事実が先代寮長を始めとする全寮生、先生方に信用されている証左と言えます」

人は行動ひとつで人生を否定されはしない。だが、剝奪《はくだつ》はされる。地位、名誉、財産、安寧。賭《か》け金が高いほど目先の利益と天秤《てんびん》に掛けて後込《しりご》みするだろう。

「でも、リスクは裏を返せば強みに化けます」

獅子王の双眸《そうぼう》が湖面の様に凪《な》ぎ、澄んだ瞳《ひとみ》に小鳥遊が映った。

「重要なのは、模倣元が既存の曲ではない点です。双方が黒でない以上、必ずどちらかが白となります」

「ぼくを疑う根拠は？」

「寮長としての信用です」

小鳥遊の眼が揺れる。ちぐはぐな理論に聞こえたのだろう。

獅子王は遅れて言葉足らずを自覚した様子で、下を向いて暫《しば》し考え込んでから、捻《ひね》り出すように説明を試みた。

「芸術祭の発表で曲の近似性は広く発覚し、公に盗作を疑われます。全校生徒が陪審員となった時、信用は強固な審判材料とされます」

「『寮長が罪を犯す訳がない』」

「そうです」

「学院が真実を究明するとは思わない?」

「盗用者と被盗用者を第三者に判断するのは難しい。皆に問われるのを待って、あなたは優しく一言、答えればいいのです。『偶然だよ』」

小鳥遊のみならず、瀬尾も短く息を呑《の》む。

「尋ねた生徒には、あなたが盗作犯を庇《かば》ったように聞こえるでしょう」

信用が小鳥遊を守る。

言葉を閉じて唇を結んだ獅子王の、小さな顎《あご》が微《かす》かに震えている。表情に怒りはなく、青ざめた頰に滲《にじ》むのは戸惑いと罪悪感だ。

「彼の話を聞いて、理に適《かな》っていると私が判断した」

瀬尾が円卓を回り込む。

「小鳥遊が後輩の曲を横取りするとは考え難《にく》い。しかし、寮長の作品を盗むほど追い詰められた者が黄寮にいれば、小鳥遊が見過ごすはずがない」

「褒められたみたい」

「私の主観だ」

「疑われているのに嬉《うれ》しいなんて、困ったな」

小鳥遊が微苦笑して椅子を引いた。

「ぼくが偶然だと言えば皆は彼を疑う。そうだね……君の想像は限りなく正しい」

「反論してくれないのですか」

「この期に及んでぼくを信じようとするの？　君はいい子だね」

獅子王の感情表現は決して豊かではなかったが、彼の短い前髪は秘めた悲しみを露《あら》わにしてしまう。

答えが出なかったのだ。獅子王も瀬尾も、事実を繫《つな》ぎ合わせて導き出された答えが納得の行くものではなかった。だが、本人に別の答えを求めて拒否されては最早《もはや》、行き場はない。

小鳥遊が立ち上がる。

「ぼく達は一人では生きられない。周りの力を借りて、威信を背負って、与えられた分、応《こた》えなくてはならない。七光なんて言うけれど、光を利用出来ない子は恩恵が失われて期待だけが残るんじゃないかな」

「誰の話ですか？」

「独り言だよ」

獅子王の問いに答えず、小鳥遊は懐から楽譜を取り出すと、二人の目の前で半分に破る。獅子王が衝かれたように手を伸ばしたが小鳥遊は目もくれず、楽譜を幾重にも折り合わせて細かく細かく千切っていく。

ずたずたに引き裂かれた曲。

音符の切れ端が小鳥遊の指の間から零《こぼ》れ落ちた。

「二人にお願いしてもいいかな？　手は煩わせないから」

小鳥遊が遠慮がちに切り出す。獅子王が指示を求めて瀬尾を見ると、彼は頷き返して答えた。

「出来る限りの事はしよう」

「ありがとう。それじゃあ――」

小鳥遊は安堵《あんど》で眦《まなじり》を綻《ほころ》ばせて、花吹雪より小さな紙片を円卓に撒《ま》いた。

「この件は忘れて欲しい」

白い花びらが視界に舞う。

「罪を犯した者は裁きを受ける義務がある」

「ぼくは犯人と自供した覚えはない。彼が犯人だと告発もしない。ぼくは君達の想像のお話を聞いただけ。証拠も消えた」

小鳥遊が手の平で円卓の表面を撫《な》でると、紙片が舞い上がって床に散る。

瀬尾の沈黙は承諾する外ない現実を既に理解している。

「本当は何があったのですか？」

最後の抵抗をした獅子王に、小鳥遊が眉《まゆ》を下げて微笑んだ。

「偶然だよ」

密室の静寂の下、鏡写しの曲は人知れずこの世を去った。

☆

シードゥス学院秋季芸術祭は、例年通り盛況の内に幕を閉じた。

校内の至る所に展示された絵画に彫刻、陶芸、工芸品は美術館さながらの見応えを誇り、新しい切り口でデザインされた生活用品には実用化を視野に入れた企画が幾つも立ち上がったという。

舞台のトリを務める特別寮の演目、ミュージカルにアレンジされたモリエール作の『人間ぎらい』はカーテンコール三回の喝采《かっさい》を博した。

作曲部門は観客の入りの少ないささやかな発表会だった。特別寮の前座と捉《とら》える生徒も多いが、一曲終わるごとに行われる音楽教師の講評の方が長いので致し方ない。

鷺見の発表はお世辞にも秀逸とは言えなかった。

主旋律は可愛らしく耳を惹《ひ》くものの、曲の構成は悪い意味での型破り。ステージのグランドピアノが役不足に思えるほど稚拙な演奏を差し引いても、冗長と言わざるを得ない完成度だ。

教師達の評価は「基礎が不足している」「音が薄い」「アレンジが浅い」と散々で、鷺見は疎《まば》らな拍手に何度も頭を下げながらステージを下りた。

鼓膜の裏に歓声の残響がある。

日が明けて日常に戻っても、獅子王は魂を置き去りにしてきたかのようだった。

机の一点を凝視していたかと思えば、空を流れる雲を眺める。教師にポインターで教科書の端を突《つ》かれて尚、ぼんやりと教師を見上げる目は焦点が曖昧《あいまい》だ。獅子王の様子の奇妙《おか》しさに、教師は集中を強要せず授業を再開した。

「むー」

獅子王が突然発した唸《うな》り声に、ハーフドアから門番がぎょろりとこちらを見た。

学院には城塞《じょうさい》の様な壁と石造りの門がある。門番《ポーター》が常駐しており、学院に出入りする車や見学者は簡単な審査を受けて連絡先と氏名を登録する決まりだ。

日辻は愛想よく笑ってお辞儀をし、獅子王の身体を反転させた。

「何処まで行くの」

「？」

教室からずっと一緒に歩いていたというのに、獅子王はたった今、この世に生まれ落ちたみたいに無垢《むく》な顔で日辻を見た。

「獅子王、オレもいるよ」

「ゆげ」

名を呼ぶたった二音が辿々《たどたど》しい。

日辻は弓削と無言で意思が通じるのを感じた。となれば、二人がかりで獅子王を連れて行くだけだ。

夕暮れ迫る校内は長い影が遮る物なく前に延びる。真っ直ぐにしか歩けない獅子王の進路を修正して、どうにか中央通りのラウンドアバウトまで連れて来る。

円環分離帯《サークル》の中心に立つ銅像を見上げた時、獅子王の口が微《かす》かに開いた。

「真犯人は誰だったのだろう」

日辻と弓削は鏡合わせに目を丸くした。長議室での顛末《てんまつ》は瀬尾から聞かされていた。

「た――先輩が自分だと言ったのでは？」

日辻が名前を伏せて答えると、獅子王は眉間《みけん》に皺《しわ》を寄せて口の両端を下げる。

「気に入らない？」

「語弊がある」

「気に食わない？」

「語弊はあるが」

獅子王は腑《ふ》に落ちていない様子だ。弓削が両手を上げて頭の後ろで組む。

「偽物より本体の方が下手くそだから違和感に思えるんじゃない？」

「幸希、言葉を選べ」

注意したが、日辻も思った事である。

鏡の方が曇ったりくすんだりするなら納得が行く。しかし、鷺見が演奏した曲は、黄寮長が盗作のリスクを負うに値する名曲には程遠かった。

「曲の巧拙は、僕には分からない。けど、あの人が犯人だとするとボタンを掛け違えているような気持ち悪さが残る」

「真犯人を庇《かば》った、とか？」

「分からない。気持ち悪さの原因が分からないから気持ち悪い」

獅子王が顔を顰《しか》めて下を向くと、弓削が傾げた首で夕空を見上げた。

「オレもずっと気になってる事があるんだけど、思い出せないから忘れてた」

「ずっとの定義が奇妙しいけど、獅子王も幸希くらい杜撰《ずさん》に放り投げておく日があってもいいと思うよ」

「杜撰って何？　オレはただ、あの曲を何処かで聞いた事があると思ったけど、思い出せないし、そんな曲ないって寮長が言うから、気にしなくてもいいと理性的に判断して敢《あ》えて忘れたの」

弓削が憤慨してその場で飛び跳ねる。

聞き捨てならない。

「幸希、それ何処で――」

「成程!?」

突然の大声に日辻は銅像を振り返った。学院の創設者が感銘を受けた偉人の像で、歴史の教科書には載っていないから全国区の有名人ではないらしい。

「銅像が喋《しゃべ》った！」

弓削が獅子王の背中に隠れる。

両の手を掲げて降り出した雨を仰ぐような格好の銅像、その足元から芝生まみれの生徒が這《は》い出した。黄色のネクタイをした彼の顔は日辻の記憶に残っている。

中庭で寝転んで穴を掘ろうとしていた黄寮生だ。

彼は円環分離帯を横切って縁まで来ると、獅子王の肩を摑《つか》んで真横へずらし、背後の弓削を覗《のぞ》き込んだ。

「後輩。もう一度そこで飛び跳ねてくれないか」

「え、え、何で？」

「いいから。待て！　ぼくが彼処《あそこ》に伏せてからだぞ」

黄寮生は踵《きびす》を返して銅像の後ろに回り、俯《うつぶ》せに寝転がる。

「やってくれ」

「えー」

弓削は日辻と獅子王の顔を見たが、助けを求められても何も出来ない。観念したように弓削が地面を蹴《け》ると「一歩前」「もっと体重を掛けて」など指示が飛び、遂に歓喜の雄叫《おたけ》びが上がった。

「これだ。草の間に差す夕日、銅像の影の冷たさと土の温《ぬく》もり、そこに加わる地球の胎動。ぼくは天啓を得た。早速制作に取り掛かるとしよう。感謝する、後輩諸君」

黄寮生は銅像の周りを自転しながら公転して縁石を飛び越えると、脇目も振らず校舎へと走り去った。

獅子王と弓削が茫然《ぼうぜん》と立ち尽くしている。

「自然からインスピレーションを得るタイプの創作者なのかな」

日辻は名も知らぬ黄寮生のフォローをしたが、少なくとも弓削が見ているのは彼の後ろ姿ではなかった。

「オレ、分かったかも」

知見を得た顔が夕焼けを反射してキラキラと輝いた。

☆　☆　☆

回答二

気の迷いの様な夏日だった。

各寮のあちこちでくしゃみが聞こえたのは、毛布を蹴って寝付いた生徒が朝の冷え込みの餌食《えじき》となった所為だろう。洗面所にはアルマジロの様な背中が連なり、食堂では味噌汁《みそしる》とポタージュスープが飛ぶように捌《さば》けた。

気象予報士によれば、南に張り出した高気圧が暖かい空気を流し込み、北上して晴天を齎《もたら》したと言う。

気温の変動と共に学院は秋に戻る。空調の修繕工事も済んで、北階段は元通りに封鎖された。行き止まりの階段を進んで上る者はいない。二人の生徒を除いて。

「また寒くなってきたね」

ナチュラルショートの髪を手櫛《てぐし》で整えて、扉前の段差に腰を下ろす。小鳥遊雛多、黄寮の寮長だ。

「もうすぐ二ヵ月になります……寮長がここに来てくれるようになってから」

彼の隣で膝《ひざ》を抱え、眼鏡を押し上げたのは鷺見砂帆である。

鷺見が手持ち無沙汰《ぶさた》に黄色のネクタイを締め直すのを、小鳥遊は気長に見守って微笑んだ。

「そんなになるかな。楽しい時間はあっという間だね」

「嘘でも嬉《うれ》しいです」

「約束したでしょう？　寮長の言葉は――」

「信じるに決まってます！」

鷺見が語気を強める。小鳥遊が声を失った一瞬に、雨樋《あまどい》に溜《た》まった雨粒が落ちる音が響く。鷺見は正気を取り戻したみたいにハッと口を開くと、慌てて言葉を重ねた。

「クラブを辞める事になった時、本当は学院も退学しようか迷っていたんです。兄の後に続けと期待されて、兄がぼくの才能と素行の保証の様でしたから、兄に付いて行けない以上、学院にぼくの居場所はないと思いました」

「いい場所を見付けたね。滅多に人が来ないもの」

「お陰で寮長とたくさんの話が出来ました」

遠くから生徒の話し声は聞こえるが、言葉を象《かたど》らない声と単語の断片が綯交《ないま》ぜになった喧騒《けんそう》は、却《かえ》って隔たりを高く感じさせる。

「寮長に気付いてもらって……毎日ここに来るのが楽しくなって、そうしたら段々と授業に出るのも苦ではなくなりました。学院も、クラブも、ぼくの人生に関わる多くの中のひとつだから、ひとつを失くしても他の何かに出会えるって……」

鷺見が頰に力を籠《こ》めて小鳥遊を見つめる。

「寮長との時間の様に、まだ新しい事に出会えると思えました」

「うん、きっとね」

小鳥遊が嬉しそうに破顔するのを見るや鷺見はまた急に弱気を覗かせて、上体を縮めると、おもちゃのピアノを抱え上げて二人の間に置いた。

「芸術祭では寮長はお忙しそうだったので、聞いて頂きたくて持って来ました」

「君の曲？」

「はい……いえ、ぼく達の。ここでの時間と寮長への感謝を形にしたくて見様見真似で作った曲です。下手な演奏ですが、弾いてもいいですか？」

「是非聞きたいです」

小鳥遊が膝を揃えて両手を置く。鷺見は眼鏡の下を紅潮させ、初めは探りさぐり、次第に夢中になって鍵盤《けんばん》を指で押した。

秋季芸術祭で披露された曲だ。

構成は不完全で、音は薄く、アレンジが浅い。が、ステージでの演奏とは別次元の響きがあった。

主旋律に絡むのはカノンの様に同じ音程を辿《たど》る隙間風、遠い喧騒が伴奏に奥行きを与えて、不規則な雨音が展開に変化を付ける。

構成の基礎に欠ける点は否めないものの、両者を聞き比べれば迷いなくこちらが完成形だと断言する事が出来た。

「素晴らしいよ」

小鳥遊の惜しみない拍手は一向に鳴り止まない。

「君は曲作りという新しい分野に挑戦して、芸術祭という大舞台をやり遂げた。これから先も色々な世界に出会うよ。いつか君自身のホームを見付けられる」

「ありがとうございます」

鷲見は眼鏡を上へずらし、ハンカチを瞼《まぶた》に押し当てた。赤い目は何度拭《ふ》き取っても次から次へと涙を零《こぼ》した。

「寮長……あの、また迷いそうになったら話を聞いて頂けますか？」

「いつでも。黄寮生はみんな、ぼくの弟だよ」

答えた小鳥遊の瞳《ひとみ》もまた潤んで光を湛《たた》えていた。

☆

同じ場所で同じ時を共有し、同じ思い出を旋律に起こせば似通りもする。況《ま》して、両者が隙間風の音階をサンプリングしたのだから、同調は避けようがなかった。

どちらが鏡の偽物か。

否、合わせ鏡だ。二人は共に過ごした時間を写す鏡だった。

「『偶然』、言葉のままだ」

獅子王が床に膝を突き、上半身をベッドに俯せに投げ出している。もごもごと籠《こも》ったシーツに独白は同室の寮生には届きもしなかっただろう。事情を知る日辻ですら想像で補完して漸《ようや》くだ。

獅子王の推理はある面で正しかった。

小鳥遊が正直に『偶然』と答えていれば、周囲は彼が後輩を庇《かば》ったと考えて鷲見への疑いを強めたに違いない。だが、詳細な説明をするとなると旋律の元となった共通のインスピレーションを語らざるを得なくなる。

二人の秘密の時間を明かす訳にはいかない小鳥遊は、自身の曲を隠滅した。

しかし、寮長が自分の為に楽譜を破ったと知れば鷲見は気に病む。故の、獅子王と瀬尾に対する口止めだった。

「小鳥遊さんに謝らなければ……無実の人を疑ってしまった」

日辻と弓削は獅子王の頭の傍まで耳を寄せて彼の悔恨を聞き取った。

普段の思い切りの良さを鑑《かんが》みるに、獅子王は失敗を恐れる性質ではない。また、不当な攻撃に対しては人一倍正義感が強かった。弓削や日辻と打ち解けたのも彼のそんな性格あってこそだ。

であれば、自身が冤罪《えんざい》で咎《とが》を言及するなど論外だろう。

獅子王がシーツに顔を埋《うず》めて、首まで血の気を失ったかと思えば耳を真っ赤にして肩を震わせる。日辻と弓削はどちらからともなく彼の両脇に腰を下ろした。

「元気出せよー。小鳥遊先輩は優しいから大丈夫だって」

「指摘を受けずに曲を発表していれば、小鳥遊先輩も望まない事態になっていた。獅子王の行動は間違いではなかったと思うよ」

日辻とて他人事《ひとごと》ではない。弓削に止められなかったら、誤解で鷲見を糾弾していたかもしれないのだ。

「向こうだって本当の事、言わなかったんだしさ」

「俺達も秘密の場所の話は誰にも言わないから」

二人が代わるがわる慰めると、獅子王が徐《おもむろ》に頭を擡《もた》げる。額がほんのり赤い。

「僕が行かなくても寮長が収めてくれた」

「それはそう」

弓削が馬鹿正直に相槌《あいづち》を打つので、日辻は獅子王越しに弓削の腕を叩《たた》こうとした。と、弓削が手を躱《かわ》し、対抗して腕を払う。日辻が胸を反らして避《よ》けると、勢い余った弓削が前のめりにバランスを崩して倒れ様に日辻の袖口《そでぐち》を摑《つか》んで巻き込んだ。

「あ」

「うわっ」

「ぎゅぐ」

踏み留《とど》まる術《すべ》なく、弓削と日辻が獅子王の背中に葛折《つづらお》りに倒れる。腹の下で獅子王が潰《つぶ》れた呻《うめ》き声を発した。

「ごめん」

「……問題ない」

日辻は急いで身体を退けた。弓削も三枚下ろしの様に体勢を開いて仰向《あおむ》けになる。

三人で横向きに並ぶベッドは狭く、天井はいつもと向きが違って新鮮だ。間接照明を通した折り上げ部に沿って視線を這《は》わせると、天井の隅におもちゃの小さな恐竜が立っているのが見えた。

「カーテンレールの裏に文字が書いてある。いっつ、のー、みるく」

弓削も卒業生の置き土産を発見したようだ。

顔を横に向けると、獅子王がぼんやりと天井を眺めている。

「中庭で寝ていた人の絵、見てみたいな」

獅子王の呟《つぶや》く声音がやけに幼くて、日辻は思わず笑みを溢《こぼ》してしまった。

「見たいね」

「見よう」

弓削が大の字になってベッドを揺らす。

獅子王がいつものように、表情を変えず自分の身体の上から弓削の腕を下ろした。

後日、彼らは無事、黄寮生の絵を見る機会に恵まれた。

キャンバスの四方から捻《ねじ》れて迫り上がる塔は校舎だろうか。高い窓から放たれた光線の様な何かがおどろおどろしい色の空に蓋《ふた》をして、しかし内側にもまた奇妙な色が渦を巻いている。

縦横無尽に飛び交う音。中庭で空を見上げた光景を思い出す。

日辻は少し嬉《うれ》しい気持ちになった。

第三話　狂騒協奏輪舞曲《ロンド》

問三

赤ちゃんにお兄ちゃんの服。
お兄ちゃんにパパの服。
すぐに大きくなるから良いでしょう？

1

こんがり焼けた黄金《こがね》色。小さな舟が数えきれないほど並べられて、甘い香りが心を緩める。見目には焼き立てを思わせるそれは、手にしてみると意外にもひんやりとして表面は硬い。

「お祭り最高」

弓削は百パーセント素直な感想と共に破顔した。

全寮制という閉鎖された学院でも四季の訪れは其処彼処《そこかしこ》に顔を出す。

雨風と雲はいうに及ばず、敷地内に植林された木々、花壇を彩る植物は花を咲かせ、実を付け、芝生の色も入学時に比べて深みを帯びている。

季節の行事も欠かせない。だが、弓削ら一年生はまだ学院の行事を一巡りしていない為、四季を感じるというより覚えている最中だ。

授業の合間を縫って催される数々の行事。

当日は食堂が時間外も開放されて、特別なメニューが振る舞われた。

「おいしーい。スィートポテトなんか何百個でも入るよ」

　焼けて蜜《みつ》が固まった皮一枚を齧《かじ》ると中からさつまいもの身がほろりと崩れ、甘みが口いっぱいに広がって脳の中核を直撃する。

　弓削は普段の倍も咀嚼《そしゃく》しておやつを堪能《たんのう》した。

「幾つ食べてもいいから時間には講堂に入っておけよ、一年」

「ッス」

　青寮の先輩らが笑いながら通り過ぎる。弓削は菓子を頬張った口を開けられず、殆《ほとん》ど鳴き声みたいな返事をして挙手した。

「ミドルスピーチデーか……一年生は蚊帳《かや》の外な行事が多い」

　獅子王が難しい顔で言う。

　スィートポテトは好みらしく頬がほんのり赤い。

「その方がいいよ。授業に付いて行くのに精一杯で、イベントまで毎回覚えて準備していたら身が保《も》たない」

　日辻はすぐ慎重になる。予習と計画をしっかりする分、行き当たりばったりが苦手な性格は幼い頃から変わらずだ。

「今は覚える期間か。成程」

　獅子王が生真面目な顔でスィートポテトを飲み込む。

　弓削は席を立ち、お代わりの列に並ぼうとした。

「痛っ」

「あ、ごめん」

引いた椅子が誰かに当たった。

後ろを見る日辻の眉《まゆ》が歪《ゆが》む。弓削は振り返り、黒地に紫ラインのネクタイを見た。

「一年。上級生を椅子で轢《ひ》いておいて随分と軽い謝罪だな」

「角崎じゃん」

「貴様！　分かって尚《なお》その態度か」

目くじらを立てるとはまさに彼の表情を指すのだろう。生きた学習である。弓削が暢気《のんき》に考えていると、日辻が立ち上がって二人の間に入った。

「角崎先輩、すみません。ぼく達、先輩のお人柄に甘えてしまって」

「ふん。おだてて帳消しに出来ると思ったか？　残念だったな。ぼくはそんなにちょろくない」

「おだてに乗る先輩でない事は承知していますから、つまり本心です」

「……そうなるな」

「はい、そうなります」

角崎は揃えた前髪の下で眉根《まゆね》を寄せて、導き出した結論に納得を示した。

紫のネクタイは特別寮の色だ。学業やスポーツ等で特技を持ち、奨学生《スカラー》に認定された生徒が集う寮である。

弓削は角崎の一芸も特別寮の実態も知らないが、これだけ自信に満ち溢《あふ》れているのだから何かがすごいのだろう。弓削は雰囲気で学院暮らしをしている。

「角崎も出るの？　スピーチ何とか」

「先輩を付けろ」

「先輩」

弓削が従うと、角崎は顰《しか》めた顔を嘆息で解いて首を振った。

「ミドルスピーチデー、年度末に行われるスピーチデーの前哨戦《ぜんしょうせん》と言っても過言ではない。スピーチデーは年間を通しての成績優秀者が表彰され、代表者が挨拶《スピーチ》を行い、集大成の歌唱や演劇が披露されるが、中間時期である今日は挨拶《あいさつ》と一部の発表に留《とど》まらざるを得ない。しかし、一般生徒はかの輝かしいお姿に鼓舞され、年度末には我がと士気を高められるのだ」

「結局、どういう事？」

話が長くて弓削は要点を見失ってしまった。日辻が慌てた様子で間に入る。

「幸希」

「先輩、ぼくも要約して頂きたいです。とても流暢《りゅうちょう》で追い付きませんでした」

獅子王は弓削の仲間だった。角崎が渋々、咳払《せきばら》いをする。

「ステージに上がるのは早乙女《さおとめ》先輩とコーラスクラブだけだ」

「何にでも出るなあ、早乙女先輩」

「全校生徒代表たる寮長の中の寮長だからな」

「なんで角崎が偉そうなんだよ」

「先輩を付けろ」

「角崎」

「だから……！」

角崎は呼ばれた方に勢いよく振り返って、瞬間、全身を凍り付かせた。

紫色のネクタイに四年生の襟章。アシンメトリのエアリーヘアは華美な印象を与えるが、堂々とした面差しは全く引けを取らず、芝居がかった仕種《しぐさ》がそれらを纏《まと》め上げて輝きを増す。

「早乙女寮長」

角崎が畏《かしこ》まってお辞儀をする。

特別寮の寮長、早乙女が優雅に頷《うなず》き返した。

「青寮の一年生か。瀬尾は元気か？」

「元気です」

獅子王が即答する。彼が朝食で味海苔《あじのり》と焼き海苔を取り違えて、無言で醤油《しょうゆ》を取りに戻っていた事は話さなくても良いだろう。

早乙女は長い睫毛《まつげ》を伏せて一笑すると、弓削達を視界から外して二つ折りのファイルを差し出した。

「今から校長先生をお迎えに上がる事になった。角崎。これを舞台袖《そで》の実行委員に渡しておいてくれるか」

「承りました」

角崎はファイルを両手で受け取り、透視でも試みるかのように凝視する。

「スピーチ原稿だ。見ても構わない」

「！　とんでもありません。間違いなくお届けします」

「頼んだ」

早乙女は角崎の右肩に手を置くと、舞うように半身を返して食堂を後にした。

「寮長の大切な原稿」

使命に燃えた眼差《まなざ》しで角崎がファイルを両腕に掻《か》き抱く。まるで運命の再会を果たした舞台の主人公の様だった。

2

革靴の踵《かかと》を鳴らして迷いなく前進する。右足を下ろす間隔が左に比べて長いのは角崎の無意識の癖だろう。ターンタ、ターンタと足音の間に休符を入れると収まりが良い。音楽の授業で習った覚えのあるリズムだ。

「ワルツ！」

「……何が？」

思考の断片が口から出てしまった。訝《いぶか》る日辻に弓削が笑って誤魔化《ごまか》すと、三拍子が止まって爪先《つまさき》でターンした。

「何故、付いてくる」

角崎が腰に手を当てて仁王立ちになる。こちらに大した理由はない。

「行く方向が一緒だから」

「はん。お粗末な弁明だな」

「お粗末も何も、全校生徒が講堂に集まらないといけないの。そういうの自意識過剰って言うんだぞ」

「く……」

納得はしたらしい、角崎は再び百八十度ターンして歩き出した。

ターンタ、ターンタ、曲がってターン。

「おう、角崎」

「朝比奈《あさひな》監督生、真午《まひる》先輩、こんにちは」

角崎が姿勢を正して、廊下で行き合った五年生に挨拶をする。

五年生ともなると身長も体格も教師に近い。彼らは後ろで足を止めた三人にも視線を向けたが、弓削は人見知りを存分に発揮して窓の外に興味がある通行人を装った。

幸い、話しかけられはしなかった。

「今日も決まってるな。後頭部まで見事に丸い」

「ありがとうございます！　先輩方は自習室ですか？」

「ああ、これか」

朝比奈と呼ばれた五年生が分厚いファイルを掲げてみせる。隣からもう一人の真午が手を出して、ファイルから用紙を抜き出した。

「クリスマス休暇の在寮確認だ」

「もう十二月の準備ですか」

「勤務体制に関わる事だ。来月までに確定しないと食堂のシフトと仕入れが滞る」

「勉強になります」

角崎の返事に力が籠《こも》って声の一部が裏返る。朝比奈と真午が寄って集《たか》って角崎の頭を撫《な》で回した。

「学年ごとに回覧ボードを作った。記入して他の二年に回してくれ」

「三年生の分も頼んでいい？　五年になると下級生と生活時間が合わなくて」

「無論です。お任せ下さい」

「助かる。次の外出日に好きなもの奢《おご》るね」

真午が用紙をバインダーに取り付けて角崎に渡す。二人がにこやかに立ち去るのを、角崎はお辞儀をして、弓削らは窓辺に張り付いて見送った。

「おい。やっぱりぼくに付き纏《まと》っているじゃないか」

声音の温度差で風邪を引きそうだ。

「意図した訳ではないのですが」

「つい釣られて」

日辻と獅子王が横目で気まずそうな視線を交わす。

「細かい事、気にするなって。目的地は一緒、旅は道連れだろ」

「意味が分からない」

角崎が不可解そうに頭《かぶり》を振ると、かき回された髪が元の位置に丸く収まった。

ターンタ、ターンタ、階段を下りる。

「古夕《こせき》先生、こんにちは」

「こんにちは」

渡り廊下ですれ違ったのは巨大な三角定規と分度器を抱えた教師だ。彼女は角崎と弓削達にも会釈をして通り過ぎようとしたが、歩を出す度に教科書とクリアファイルと分度器が滑って回転する。

膝《ひざ》を上げて定規を押し上げる古夕に、角崎が踏み込んだ踵《きびす》を返して声を掛けた。

「お手伝いしましょうか？」

「教師が見苦しかったですね、ごめんなさい」

「いいえ。先生の体面を貶《おとし》めるつもりは毛頭なかったのですが」

古夕がばつが悪そうにするのを見て、角崎もばつが悪そうに慌てふためく。

「困っている方がいるなら先生も生徒も関係ありませんので」

「ありがとう。私は大丈夫です」

「そうですか？」

角崎が訝しげに尋ねる。古夕が遠慮しているのは弓削でも分かった。獅子王など露骨に心配そうな顔をしてしまっている。

「あら、あらら、では、そうですね。これを頼んでもいいですか？」

生徒達の眼差しに圧されて、古夕が教科書と分度器に挟まれたクリアファイルを引き抜いた。

「中の封筒にクリアファイルごと入れて、ポストに投函《とうかん》して欲しいのです」

「お安い御用です」

角崎が快諾して受け取る。摩擦係数の小さなクリアファイルがなくなった事で古夕の荷物も幾分安定したように見えた。

「偉いじゃん、角崎」

「先輩を付けろ」

「シシ」

段々面白くなって笑った弓削を、日辻が腕を摑《つか》んで引き戻す。見上げた彼の顔は子供を叱るみたいに手緩く険しい。

ターンタ、ターンタ、廊下の終わりだ。

「角崎先輩！　こんにちは」

「こんにちは。緑寮の夜来《やく》だったな」

「はい。交流ランチ会実行委員でお世話になりました。早乙女先輩とお話し出来て、舞台を降りても素敵な方で感動しました」

「そうだろうそうだろう」

緑ネクタイの生徒が褒めているのは早乙女だが、何故か角崎が自分の手柄の様に誇らしげに鼻筋を反らす。

「是非また交流会の席を設けて頂きたく、有志で嘆願の署名をしています。もしよろしければ角崎先輩にも御一筆頂けないでしょうか？」

「ぼくの力が必要とされたか。仕方ない」

角崎は満更でもない様子でファイルを受け取る。署名をした人物によって発言力の軽重が発生しては民主主義構造に亀裂《きれつ》が入るだろうに、角崎の走らせるペンが嬉《うれ》しそうなので誰も指摘はしなかった。

「人数が要るのだろう。彼らにも書かせるといい」

「…………」

角崎にファイルとペンを重ねて差し出され、獅子王が角崎を凝視する。

「ぼくではなく紙を見て署名するんだ」

「内容の理解出来ない書類に署名してはならないと授業で習いました」

「聞いていなかったのか。他学年が交流するランチ会の開催を求める署名だ」

「内容に同意出来ない書類に署名してはならないと授業で――」

「ぼくに恥をかかせるのが目的か？」

淡々と答える獅子王の返答を遮って、角崎が抑えた声に苛立《いらだ》ちを滲《にじ》ませた。ファイルを胸元に押し付け、額が触れるほど近くから獅子王を睨《にら》み付ける。

「ランチ会に関心がないだけです。ぼく一人が書かなくとも希望する人数が多ければ実現すると思います」

「君の家は大勢の門下生を抱える道場だろう。集団に秩序を齎《もたら》す規律の美しさ、一人が輪を乱す愚かさは幼い頃から見て育ったはずだ」

「……退《ど》いてください」

獅子王が角崎の腕を押し除《の》ける。小柄な獅子王の身体は岩の様にびくともせず、角崎だけが大きく仰反《のけぞ》った。

ファイルが滑り落ちて署名用紙が床に散乱し、廊下を通れなくする。クリアファイルが回転しながら用紙を更に散らした末、壁に当たって止まった。

「すみません！　ぼくが署名なんてお願いしたばかりに」

夜来が廊下にしゃがんで用紙をかき集める。

弓削は棒立ちしてしまった。獅子王と角崎は親しい間柄とは言い難い。それでも今までは角崎が一方的に突っかかるだけで、獅子王は暖簾《のれん》に腕押しという風だった。

角崎も愕然《がくぜん》として動けないでいる。

逸早《いちはや》く日辻が署名用紙を拾って夜来に手渡し、引き換えに彼の物でないファイルとバインダー、クリアファイルを受け取った。

「また改めてお話を聞かせてください」

こんな時でも爽《さわ》やかな笑顔を作れる日辻に感心する。

「はい、是非。角崎先輩、ありがとうございました」

夜来が頭を下げて中庭に出て行った。

「角崎先輩。郵便だけでもぼくが行きますよ」

日辻がファイルとバインダーを角崎に差し出す。角崎は漸《ようや》く動いたかと思うと、恨めしげに日辻を睨んだ。

「ぼくが引き受けた仕事だ」

「二年生と三年生に回覧を渡しながら講堂には行けますが、郵便局を経由したら遠回りになり過ぎます」

実際、生徒の流れは揃って講堂へ向きつつある。時間が迫っているのだ。

角崎は日辻の手からクリアファイルを取り上げると、二つ折りにされた封筒を広げてクリアファイルを中に入れ、蓋《ふた》の折り目を爪で何度も押さえ付けた。

「郵便局で糊《のり》を借りて封をするのを忘れるな。切手は不要だから間違えて窓口の方のお手を煩わせるんじゃないぞ」

「了解です。獅子王、一緒に行こう」

「分かった」

獅子王が冷たい眼差しで角崎を一瞥《いちべつ》して顔を伏せる。彼を先に行かせて、日辻が去り際、弓削に左目を瞑《つぶ》って見せた。

何を期待しているのか。自慢ではないが、弓削は気の利いた振る舞いからは最も遠い人間である。

「えーと、獅子王って嘘吐くの下手だからさ」

「付いてくるな」

邪険に背を向けた角崎の声が微《かす》かに潤んで震えている。

青寮生は獅子王が理不尽に屈しない事も暴力には真っ向から対抗する事も知っているが、対外的には大人しく見えるから他寮生は一段と肝を冷やされるのだろう。

「角崎も強引だったけどな」

「先輩を付けろ」

何だかんだ答えてくれるので、弓削はくだらない話を振りながら角崎の後を歩いた。

ターンタ、ターンタ、特別寮生にバインダーを渡し、
ターンタ、ターンタ、講堂の舞台袖《そで》に移動する。

講堂の席はまだ半分も埋まっていないが、舞台上は本番さながらの照明に照らし出されて、舞台袖ともなれば機材の熱と匂いと実行委員の生徒でごった返していた。

「早乙女先輩のスピーチ原稿をお届けに上がりました」

「御苦労様。連絡は受けています。字幕を作成するので音響で預かりますね」

「よろしくお願いします」

角崎が優等生然と一礼し、弓削を責付《せっつ》いて舞台裏に出る。その時、

「角崎先輩！」

廊下で待ち構えていたのは夜来だった。

「どうしてここに？」

「角崎先輩が講堂に行くと聞こえてたので探してました」

夜来の焦りで覚束《おぼつか》ない手付きが危なっかしい。

「ぼく、間違えて違う用紙を持って行ってしまったみたいです」

「何？」

角崎が前髪の下で眉《まゆ》を顰《ひそ》める。

夜来が一枚の用紙をこちらに回して見せた。備品の受取証だ。受領者の欄には古夕の名がある。

瞬間、角崎が真っ青になって舞台袖に取って返した。

「失礼します！　早乙女先輩のスピーチ原稿を見せて頂けますか」

実行委員の返事を待たず、音響ミキサーの横に置かれたファイルを開く。

弓削は薄暗い舞台袖で人の間を縫って角崎の傍に立った。

「『三年生の在寮確認書』」

用紙の角に『回覧』の文字が虚《むな》しく横たわっていた。

3

実行委員の困惑が部外者の弓削にも伝わる。

舞台袖ではヘッドセットを着けて指示を出す者、ステージに目印《ばみ》を貼る者、壇上のマイクをチェックする者、照明の光度を調整する者と、実行委員それぞれが自分の仕事に奔走している。

舞台袖から観客席を覗《のぞ》くと、人の入りに応じるように空調が強まる音が聞こえた。

「スピーチ原稿はないのですか？　開会までに字幕を作りたいのですが」

「申し訳ありません。手違いでした」

角崎が蒼白《そうはく》になって謝る。彼は俯《うつむ》いた目を中空に泳がせて、思い立ったように顔を上げた。

「字幕を作るにはどれくらいの時間が掛かりますか?」

「機材に打ち込んで直接保存するので移動や加工に時間は使いませんが、開会の十五分前には受け取りたいです」

「あと十三分」

こうしている間にも舞台袖の時計は刻一刻と秒針を進める。

「一度、持ち帰って検討します。失礼致します」

「スピーチ原稿、持ち帰られると困るんですけど!」

実行委員の呼びかけを背に舞台袖から廊下に出ると、夜来は戻るに戻れない様子でまごまごしていた。

しかし、彼の哀れな姿も角崎の切羽詰まった視界には入らない。

弓削は角崎の前に立ち、強制的に彼の意識に割り込んだ。

「どうするの?」

「無理だ」

角崎が吐き捨てるように言った。

「検討するって言った」

「どの紙がどれと入れ替わっているのか分からない。今から全員を探して元に戻していたら十分やそこらでどうなるものか」

「角崎先輩、すみません。きっとぼくが集めた時に焦って間違えたんです」

今にも泣き出しそうな顔で夜来がファイルを抱き締める。

「君に落ち度はない。ぼくが確認すべきであったし、元はと言えば、ぼくが獅子王《やっ》に挑戦的な態度を取ったから……」

角崎の言葉が不意に途切れたかと思うと、彼は頭を抱えていた腕を下ろしてゆっくりと背筋を伸ばした。

「君の言う通りだ、弓削一年生」

「オレ、何か言った？」

弓削に覚えはない。角崎が神妙に頷《うなず》き返す。

「すごいのは早乙女寮長だ。ぼくは寮長の眩《まばゆ》さに憧《あこが》れて周りを飛ぶ羽虫に過ぎない。早乙女寮長も本心ではぼくを煩わしく思っているだろう」

「極端かよ」

「何とでも言え」

「卑屈、自虐、後ろ向き、泥沼思考、貧弱メンタル、イキリ煽《あお》りからの手の平返しでサ終おつ対あり」

「そこまで言わなくてもいいじゃないか！」

「プリントを取り違えたくらいでワールドエンド面してさ」

「くらいでとは何だ。ぼくには大問題で」

「え……取り違えたの？」

反駁《はんばく》した角崎の背後から尋ねる声が聞こえた。見ると、日辻と獅子王が揃って目を瞬《しばたた》かせていた。

「ぼくの所為《せい》なんです。ぼくがよく確かめないで集めたから」

夜来が怯《おび》えた仔犬《こいぬ》の様に震えている。

「君は気にしなくていい。ぼくの落ち度だ」

「そうですよね。本来なら角崎先輩が確認する事です」

日辻の同意は角崎を救わない。濃すぎる酸素は人体を蝕《むしば》むのだ。

「何奴《どいつ》も此奴《こいつ》もぼくにトドメを刺しに来た悪魔か」

「つまり、渡す時に確認しなかったという事は、角崎先輩が無意識に見てはいけないと思っていたのでは？」

前言撤回。日辻の酸素はれっきとした助け舟だった。

角崎が眉を上げて両の瞼《まぶた》を押し開く。

早乙女からスピーチ原稿を預かった際、見ても構わないとされながら、角崎は事実これを拒んだ。弓削にはない着眼点、角崎や日辻ならではの気遣いと言える。

「署名用紙、三年生に渡す書類、先生からのお遣いに対してプライバシー保護の意識が働いたとすると、角崎先輩自身も属する特別寮二年生の在寮確認は正しく渡っている可能性が高い。三年生を探すだけなら間に合うかもしれません」

日辻が上着の袖口《そでぐち》を除《よ》けて腕時計を見る。

「ぼくは郵便局に引き返して封筒を回収してきます。幸希は念の為、バインダーを渡した二年生を探して」

「オッケー」

弓削は親指と人差し指で輪を作って返した。

「おい、お前ら」

「行きましょう、角崎さん」

獅子王に腕を引かれて、角崎の戸惑いが彼の足をもつれさせる。

「ぼくの事が嫌いなんだろ？　ぼくが寮長に幻滅される姿を指を差して笑っていればいいじゃないか」

「好きか嫌いかと言えば決して好きではありませんが」

「……ッ」

角崎は自ら卑下しておいて、獅子王の答えにショックを受けている。獅子王は言葉の刃《やいば》に無自覚なまま、表情を変えずに淡々と続けた。

「困っている人を助けるのに先輩も後輩も関係ないのでしょう？」

見開かれた双眸《そうぼう》に光が戻る。その輝き様と言ったら。獅子王が角崎の話を聞いて、覚えて、実行しようとしている事が余程嬉《うれ》しかったと見える。

「全く以《もっ》て、その通りだ」

角崎の口角が不敵に上がった。

☆　☆　☆

彼の回答

ミドルスピーチデー、開会十五分前。

舞台袖に続く廊下を行ったり来たりする弓削を、実行委員が胡乱《うろん》な目付きで避《よ》けて通る。弓削は壁と一体化してやり過ごし、ひたすらに彼らの帰りを待った。

「弓削」

最初に戻ったのは獅子王だ。

「他の皆は？」

「まだ。でも、二年生は二年生の回覧板を持ってたよ」

「僕の方は三年生が署名を持っていた。署名と受取証と在寮確認を角崎さんが正しい持ち主に返して回っている」

「それじゃ、スピーチの原稿は理央待ち？」

頭上の暗雲が暗く重く厚みを増すようだ。

項垂《うなだ》れる二人を見て状況を察したのだろう。角崎は戻って来るなり一言も発せず、壁に凭《もた》れかかって腕組みをした。

字幕を打ち込むデッドラインが一分、また一分と過去になる。

壁一枚を隔てたホールには全校生徒が集まり、開け放された防音扉から漏れ聞こえる話し声が潮騒の様だ。実行委員の移動も少なくなって廊下に三人が取り残される。

遠いアナウンスの放送が開会五分前を告げた時、長身の影が廊下を曲がって来るのが見えた。

「理央！」

弓削は思わず飛び跳ねて手を振った。

しかし、嫌な気配がする。日辻が何も持っていないのだと気付いた所為だ。

「原稿は見付かった？」

日辻の第一声が彼らを絶望の底に叩《たた》き落とした。

角崎が膝《ひざ》から頽《くずお》れる。その姿を見て日辻も事態を察したらしい。物腰も語り口も柔らかい日辻が、ぎこちなく言葉を続けた。

「手紙を入れ忘れたと説明して、投函《とうかん》時に対応して下さった局員さんに一緒に探して頂いたのですが、既に集荷された後でした」

期待に添えなかった。が、謝っては筋違いになる。

弓削に伝えられるのは事実のみだ。

「角崎。早乙女先輩は舞台袖にいるよ。俺が待ってる間に来た」

「先輩と……呼ばれる資格はないな」

角崎は幽霊みたいにゆらりと立ち上がると、舞台袖の扉を静かに開いた。

薄暗い空間に機材のランプが点《とも》る。角崎を見た実行委員が待ちかねたとばかりに駆け寄ったが、角崎は一礼して素通りし、緞帳《どんちょう》の端へと歩いて行く。

打ち合わせをしているようだ。生徒会長、吉沢の姿もある。

奥側に立っていた早乙女が角崎に気が付いて上級生の輪を離れた。

角崎の鼻が薄闇でも分かるほど真っ赤になった。

「早乙女寮長、申し訳ありません。お預かりしたスピーチ原稿を紛失してしまいました。ぼくの不手際です」

角崎は一息に謝罪して、額が膝に付くほど低頭する。

早乙女は優雅な仕草で左腕を自身の腹に回し、その手首に右手で頬杖《ほおづえ》を突いて、軽く折り曲げた指を下唇に当てた。ギリシア彫刻の様な横顔が瞼を細めると、吐息までもが気品に満ちた。

「角崎」

「はい」

「私は君の真摯《しんし》な姿勢を知っている。弛《たゆ》まぬ努力を見ている。成果の如何《いかん》に拘《かかわ》らず、死力を尽くした結果であると確信するに疑う余地はない」

「寮長……」

「早乙女先輩、開会のお時間です」

実行委員が声を掛ける。

早乙女は雅《みやび》やかに微笑んで、上位生の正装《ガウン》を翻した。

「ならば、私もその想いに応《こた》えるのみ」

ステージに照明が溢《あふ》れる。雪原にも勝る眩《まばゆ》い白と絶え間ない拍手の中、早乙女は悠然と壇上に立つと、透き通る声で聴衆に語りかけた。

「聡明《そうめい》にして世の先駆たるシードゥス学院の同朋《どうぼう》諸君。本年第一の節目となる本日、ミドルスピーチデーを共に迎えられた事を喜ばしく思う」

滔々《とうとう》と語を継ぐ早乙女の手元に原稿はない。

「寮長、アドリブで」

角崎が目を瞠《みは》る。彼は意を決したように半身を返すと、音響機材を操る実行委員の元に詰め寄った。

「ぼくに字幕を打たせて下さい」

「はい？」

「作ってすぐに送る事は出来ますか？」

「システム的には可能だけど、話す速度で文字に起こすのは難しいですよ」

実行委員がヘッドホンの片耳を外して首を振る。字幕作成は技術や知識のみならず経験が求められる専門技能だ。生半可に出来るものでない事は弓削でも分かる。

しかし、角崎は退かなかった。

「ぼくが早乙女寮長のお言葉を日々間近で拝聴し、胸に刻んでいます。一字一句間違いなく完璧《かんぺき》に聞き取り、僅《わず》かなタイムラグで打ち込んで見せます」

「やらせてみたら？」

吉沢が横から首を突っ込んで、口添えするが早いかキーボードの前の椅子を引き、余ったヘッドセットを角崎の丸い頭にかぶせる。

「勘弁して下さいよ、生徒会長」

「早く。追い付けなくなるぞ」

「ああもう、分かりました。こちらで送信するのでどんどん打って下さい」

実行委員が押し切られて溜息《ためいき》混じりに折れた。

『聡明にして世の先駆たるシードゥス学院の同朋諸君』

ターンタ、ターン、打ち出される文字。

集中した角崎の視界は画面だけを捉《とら》えて、早乙女の声以外、全ての存在が彼の世界から消えたかのようだった。

☆

講堂を出ると、冷たい風が首筋をすり抜けた。これが頰にひりひりと打ち付けるようになれば冬の到来である。

「月例集会と大差なかったな」

弓削は腕を伸ばして欠伸《あくび》をした。視界の端で獅子王が伝染《うつ》った欠伸を嚙《か》み殺す。

講堂から流れ出した生徒達がひとつ目の十字路で方々に分かれて行く。

日辻と獅子王は夕食前に寮で着替えたいだろうか。弓削は尋ねてみようと身体ごと振り返って、彼らの後方に鬼の形相を見付けた。

「お」

「何？」

日辻が後ろを見て硬直する。獅子王が続いて足を止めた。

「お疲れ様です」

形式をなぞっただけにも聞こえる獅子王の無関心な挨拶《あいさつ》に、角崎が鼻で笑って呼吸を整えた。

「ふん、赤子の手を捻《ひね》るようなものだ」

「うわあ……赤ちゃん可哀想」

「慣用句だ。馬鹿め」

「知ってますー」

弓削が顔の左右で手の平を開いてみせると、角崎が澄ました顔を保てなくなって年相応に怒り出す。弓削は日辻の陰に逃げ込んで彼の背中を押した。

日辻が肩を下げて溜息を吐いた。

「字幕、客席からもきちんと読めました。途中からはお話とほぼ同時でしたね」

「急場凌《しの》ぎの素人技だ。今回は生徒だけだったが、本来は一般客――御家族向けの字幕となる。文章の区切り、漢字の量も適切でなかった」

「殊勝じゃん」

弓削の目には不備なく見えたので、角崎が成功を自慢したら素直に褒めようと思っていたから肩透かしを食った気分がする。

角崎があからさまに顔を背け、口の中でボソボソと呟《つぶや》いた。

「帳尻《ちょうじり》が合っても御迷惑をお掛けした事に変わりはない。実行委員の方々には、年度末のスピーチデーは余裕を持って原稿を届けよと釘《くぎ》を刺された」

「あー、ね？」

弓削が曖昧《あいまい》に相槌《あいづち》を打つのに便乗して、日辻と獅子王が場を濁す。角崎は微温《ぬる》い空気と冷えた風を敏感に感じ取って身震いしながら赤面した。

「今の内にせいぜい馬鹿にしていろ」

「いや、してないけど。寧《むし》ろ、したのそっちだけど」

「ぼくはもう昨日までのぼくとは違う！」

断りを入れても聞く耳を持たない辺りは昨日までとまるで変わりない。

角崎は前髪の直線を勢いよく散らし、右手を腰に当てて胸を張った。

「早乙女先輩は誇らしい。しかし、ぼく自身も誇れる自分になる。人類三日会わざれば刮目《かつもく》して見よ」

日辻と獅子王が少し微笑む。弓削は親指と人差し指で輪を作ってみせた。

「オッケー」

「軽い！　いいか、ぼくは本気だからな。本気だからな！」

一大決心の決意宣言にも拘らず、立ち去る足で振り返っては念を押すものだから、負け惜しみの捨て台詞《ぜりふ》に聞こえてしまう。

「スピーチデーは八ヵ月後。三日で割ると八十回別人になるペースか」

獅子王が真面目な顔で稀代《きたい》な計算をしている。

日辻が上着の襟を摑《つか》み、首を縮めて西風を防いだ。

「年度末は成績優秀者が壇上に呼ばれる。幸希も表彰されるかもしれないね」

「オレは奨学金が打ち切られない程度に維持するので限界」

弓削は手首を振ってみせたが、触発された頭が勝手に想像してしまう。

半年余りの後、彼らはどうなっているのだろう。今より強く、賢く、そして楽しく過ごせていれば良い。

「角崎とステージで並んだらびっくりするかな」

シシと笑うと前歯が冷える。弓削は唇を閉じ、手を引っ込めた袖口《そでぐち》を当てて籠《こ》み上げる笑みを隠した。

最終話　家

最終問題

皆が兄弟を褒めました。
優しい兄は弟を可愛がり、素直な弟は兄を慕いました。
皆が輝かしい未来に想いを馳《は》せました。
ところが、弟は忽然《こつぜん》と闇夜に消えてしまいました。
何故でしょう?

1

入試の時とはまるで違った。

試験と名の付くものは空気も人も張り詰める。崖《がけ》の縁に立っているかのように、一歩誤れば漸《よう》く辿《たど》り着いた場所が足元から崩れる恐怖。失われる未来。爪を突き立ててでも岩にしがみつき、記憶にない答えさえ無理やり引き摺《ず》り出そうとする。

獅子王の知る試験はそういうものだった。

(自習時間に解いた問題の応用だ。これは解ける)

手が逸《はや》って鉛筆が追い立てられる事もない。

(こっちの形は解き慣れていないから時間が掛かる。最後まで見た後で戻ろう)

試されている感覚はなかった。寧ろ、こちらが試している。解ける問題がどの程度あるか、どれが分かってどれが分からないか。心理テストに答えるように在りのままの自分を書き込んでいく。

教室の静けさは心地好《よ》く、カーテンで遮られた陽光が健やかに明るい。鳥の鳴く声が問題を解く頭の裏側で冬空の高さを思い出させて、胸に澄んだ空気が通った。

「五分前。解答用紙を伏せたら氏名を書き入れるように」

試験官の教師がアナウンスする。

獅子王は後回しにした文章問題を丁寧に分解して頭の中に収めた公式と照らし合わせ、自分に考え得る最適解を形成した。

裏返すと白紙面の右下に名前を書く欄がある。

『獅子王琥珀』

書き込んで、消しゴムで消す。空白に書く名前は他にない。

『琥珀』

『獅子王』

背骨の通らない文字だ。

「時間になりました。筆記用具をしまって、回答用紙を通路側に集めてください」

四人掛けの長机の内側から回答用紙が送られてくる。獅子王が自分の分を重ねて机の端に置くと、試験官が殆《ほとん》ど足を止めずに回収する。

試験官が教壇に戻り、回答用紙の角を揃えて枚数を確認した。

「一般科目の中間考査はこれで終了です。選択科目の試験がない生徒は、校内に試験中の者がいる事に留意して速やかに下校するように」

「やったー！　終わったあ！」

「弓削さん、静かに」

教師に一睨《にら》みされて、弓削が両手で自身の口を塞《ふさ》ぐ。彼はその格好で戸口に向かいながら日辻に目配せをした。続いて獅子王とも目を合わせると、今度は腕ごと顎《あご》をしゃくって退室を促す。

「元気の塊かよ、弓削」

クラスメイト達が親しげに笑う。

「そうだ、獅子王も帰らないんだろ？　赤寮《うち》にも何人かいるからクリスマスくらい時間合わせて夕飯行こうよ」

入学早々、妙な噂を立てられた獅子王の周りも落ち着いて、近頃では同級生に話しかけられる機会も増えた。むず痒《がゆ》い気持ちだが喜ばしさもある。

「ありがとう。青寮の一年生に声を掛けておく」

「助かる」

赤ネクタイの彼が親指を立ててみせたので、獅子王も真似をして親指を立てた。笑顔でやれば良かったと背を返してから気が付いた。

弓削が律儀に無言で階段を示す。寮に戻ろうと言いたいらしい。

日辻が獅子王を見る視線は感じていた。

「獅子王、冬休み帰らないの？」

「静かに」

獅子王は声を潜め、辺りに視線を配った。廊下にひんやりとした静謐《せいひつ》が横たわっている。幾つかの教室はまだ生徒で席が埋まっており、教科書やノートを睨んでテスト開始前の短い時間を最後の確認に費やしているようだ。

弓削が唇を真一文字に結んで忍び足を速める。校舎の出入口に辿り着いて息を吐いた時、獅子王は小さな人集《ひとだか》りを見付けた。

「瀬尾さんだ」

「何処？」

日辻が首を巡らせてステンドグラスの下で視線を留めた。

繊細な黒い主線で植物を写し取り、同系色だが僅《わず》かに異なる配色が光に柔らかさを与えている。その中心に描かれた洋菊《ポットマム》の淡い黄緑色が落ちる先に、瀬尾がいた。

四年生ともなれば身長が伸びて筋肉が付き、顔付きも引き締まって大人に近付くのだと思っていたが、学校で瀬尾を見かけると彼が特に精悍《せいかん》なのだと分かる。

「雨井《うい》先輩と渦巳《うずみ》先輩も一緒だね」

日辻は人の覚えが良い。獅子王も寮で二人の姿を見た事はあった。が、顔と名前が一致したのは今日が初めてだった。

同寮住まいでも活動時間が被《かぶ》るのは専ら下級生で、四年生は卒業前の低学年《ローワー》、五年生は卒業前の高学年《アッパー》と呼ばれるように、校外との関わりが圧倒的に増えるからだ。

「もう少し周りにも訊《き》いてみる」

雨井と渦巳が立ち去る。彼らと入れ違いで瀬尾に話しかけたのは生徒会長の吉沢ではないだろうか。アシンメトリの髪と飄々《ひょうひょう》とした動きは遠目でも特徴的だ。

瀬尾が吉沢に手の中の何かを見せようとした時、余所見《よそみ》をした吉沢と目が合った。

「獅子王」

「はい」

手招きをされて、盗み聞きが露見したような気まずさを覚える。実際は何も聞こえていないが。獅子王は早足で階段を下り切った。

「こんにちは、瀬尾さん。吉沢さん」

「瀬尾。獅子王は残寮組だよな？」

挨拶《あいさつ》も返さず吉沢が話を進める。

「変更がなければ」

「ありません」

瀬尾に涼やかな目線を寄越《よこ》されて、獅子王は首を左右に振った。

「手伝って欲しい事がある。この後は空いてる？」

「大丈夫です。三十秒だけ待って下さい」

獅子王は断りを入れて日辻と弓削の元に踵《きびす》を返した。

「生徒会長、どうしたの？」

「手伝いに呼ばれた。筆記用具を頼んでもいいか？」

「手伝い？」

「よく分からないが」

今は三人で首を傾げ合う事しか出来ない。日辻が獅子王の手から筆箱と試験の問題用紙を受け取った。

「部屋の机に置いておくね」

「ありがとう」

「寮長でも生徒会長でも、嫌な事を頼まれたらちゃんと断るんだぞ」

弓削が吐息を荒らげて注意するので、獅子王は気持ちを受け取って確《しか》と頷《うなず》いた。

「お待たせしました」

獅子王が戻るのを見て、瀬尾と吉沢が会話を中断する。

「早速、行くかね」

「今日は夕飯の時間までに切り上げる予定だから楽に構えていていい」

ステンドグラスが影になっている所為《せい》だろうか、瀬尾の顔が疲れて見える。獅子王はただの無愛想だが、瀬尾は理性で立ち居振る舞いを制御する人だからこんな顔は青寮生でも滅多にお目に掛からない。

「質問は許されますか？」

獅子王が授業の様に手を挙げると、吉沢が筒状に丸めた紙で指し返す。

「どうぞ」

「何処へ何をしに行くのですか？」

更に言うなら、獅子王は何を求められているのだろう。

二人の背中に落ちるステンドグラスの光が一歩進むごとに風合いを変える。人の声が遠ざかり、静寂が気温まで一度下げるようだ。

薄暗い廊下の果てに回廊が現れる。石造りの回廊は裏庭を通ってクリケット場への近道になるが、好んで通る生徒は多くない。

回廊の外側には、在るからだ。在学中に非業の死を遂げた生徒の墓碑が。

耳障りな風の音が回廊を駆け巡る。

先を歩く二人の歩が止まる。

「悪霊退治だ」

吉沢が左目を閉じて軽薄に笑う隣で、瀬尾がこの世の全てを背負ったかのような重苦しい顔をした。

2

詮索《せんさく》は紳士の名に恥じる。

日辻は言葉を飲み込んで帰路を進んだ。

散りゆく銀杏《いちょう》の並木を通り、燃えるように赤い楓《かえで》が視界を掠《かす》める。強い風が吹くと晴れ続きで乾いた地面に落ち葉が舞う。

自分が押し込めたものは疑問ではなく好奇心かもしれない。そう思うと自身の邪《よこしま》さが恥ずかしくなった。興味など噫《おくび》にも出さないで平静に徹してこそ紳士である。

「彼奴《あいつ》、帰省しないんだな」

弓削がいとも容易《たやす》く口にしたので、日辻は訳知り顔を装った。

「遠くて帰れないのでは？」

「越境生は身元保証人《ウォーードガーディアン》の家に帰ってもいいって聞いた」

「獅子王は準備校の支援でお見合いした家だと話していた。寮の方が迷惑にならないと、獅子王なら如何《いか》にも考えそうな事じゃないか」

「そうかなあ」

弓削が不満げに足元の小石を蹴《け》って独りごちる。

これには日辻も思わず眉《まゆ》を顰《ひそ》めた。

「好奇心で人の事情を探るなんて無粋だよ。本人が話していないなら尚更《なおさら》だ」

「本人が話さないから心配なの。何もないなら部屋とか食堂で話題が出た時に

『僕は寮に残る』って言いそうじゃん」

弓削が間に挟んだ獅子王の物真似のクオリティは低いが、内容には頷ける。日辻はいつの間にか頸《くび》が痛くなるほど俯《うつむ》いてしまった。

学院生活は長い。五年間に亘《わた》る寮生活で外出する機会は少なく、広大な敷地とは言え学院の中で殆《ほとん》どの時間を過ごす事になる。

もし家に帰れない理由があって学院の外に逃げ場がないと考えると、日辻は窮屈で身が縮む思いがした。一回り小さな帽子と靴を身に着けているかのようだ。

「大した理由じゃないといいな」

「実家が外国とか、家がでか過ぎて大掃除したくないとか」

弓削が戯《ふざ》けて指折り数える。

「部屋に帰る前にキッチン寄って獅子王の分もおやつ確保しとこうぜ」

「そうだね。先輩達はまだ試験中だろうし」

日辻は賛同して、間もなく到着する青寮を見遣《みや》った。

すっかり見慣れた四階建ての寮は外壁に下見板を張る擬洋風建築だ。寮の中では黄寮に次いで近代的な外観をしており、内部は機能性に富んで無駄がない。

玄関前のポーチに張り出した庇《ひさし》は一般家庭より随分と大きい。平素であれば、そこに立つのは寮監の天堂か寮母の二宮だった。

どちらでもない。

庇を支える柱に背を向けて、大柄と中背と小柄な人影がある。大柄は茶色のギンガムチェックのスーツに身を包み、中背は上等な着物を見劣りなく着こなして、小柄は学生服を纏《まと》っているがこの近辺では見かけない制服だ。

「見学者かな」

日辻が言うと、弓削が偉そうにふんぞり返って腰に手を当てる。

「観光客は生活区画に入っちゃダメなのに」

「柵《さく》が立ってる訳ではないから迷い込む人もいるよ」

これまでにも何度か見かけた事がある。日辻は率先して彼らに近付いた。

「こんにちは。こちらは生徒と関係者以外、立入禁止になります。よろしければ校門までお送りしましょうか？」

傍に立って見上げると、大柄な方は威圧感すら発する巨軀《きょく》だ。彼はへの字に曲げた口を開いて、外貌《がいぼう》からは想像出来ないほど静かな声音で厳かに答えた。

「我々は関係者です」

既視感が過《よぎ》る。初対面の彼に否応《いやおう》なく感じた親しみは、次の一言で解明された。

「こちらに獅子王琥珀という生徒はおりませんか？」

「生徒の情報はお答えしかねます」

決まり文句を返しながら、日辻は既に理解していた。

彼は獅子王に似ているのだ。一方、着物の彼女と制服の彼はいずれも目が細く鼻筋が通って、凜《りん》と引き結んだ唇の形は瓜《うり》二つである。

大柄な彼が中折れ帽を取ると、短く刈り込んだ髪が天を向いた。

「私は琥珀の父、二人は家族です」

原則として親族は関係者に数えられない、などと言える雰囲気ではない。

「理央、どうしよう」

弓削が三人と日辻を交互に見て徐々に戸惑いを大きくする。尋ねられても日辻には荷が重い状況だ。もたもたすれば他の寮生も帰寮して奇異の目を集めるだろう。

「少々お待ち下さい。寮監を呼んで参ります」

日辻を冷静たらしめているのは唯一つ、シードゥス学院の生徒らしい振る舞いを自らに強いる虚栄心だけだった。

3

疲れた足に鞭打《むちう》って、暗い小径《こみち》を急いでいた。

学院は寮生の夜間外出を禁止している。しかし、冬の間は授業が終わる頃に日が傾き、選択授業やクラブ活動から帰る時間帯には辺りは真っ暗になった。

学院がひとつの街と称されるのは学校生活で不便のないようにと施設が街並みに整っている実用面からであって、繁華街の様に夜でも煌々《こうこう》と明るい訳ではない。況《ま》して、近道を求めて正式な経路から外れれば尚の事。

学院の北の外れにはクリケット場と特殊実験機材棟がある。道沿いに移動すれば片道十五分かかるところ、回廊から芝生に下りると約半分に短縮出来た。学院内では走っての移動が制限されており、一部の生徒には死活問題になり得る距離だった。

だが、この経路を避ける生徒も多い。安易な近道は学院側に推奨されていない事、それから、回廊北の芝生が墓地である事が理由に挙げられた。

低い鉄柵に囲まれた墓地の中心に木犀《もくせい》が根を張る。墓の形状は西洋式で、一畳ほどのスペースを低い柵で区切り、名前やメッセージを刻んだ板状の墓碑が横たわる。

学院に貢献した偉人、身寄りのない教師、職員、学院で亡くなった生徒。分骨された墓や、墓碑だけで遺体は故郷に埋葬されている者もいる為、墓石の数ほどの人数は眠っていないが、それでも寮が一棟建つ程度の広さはあるだろう。

生徒の通行は想定されていない。当然、外灯はなく、校舎の明かりで仄《ほの》かに浮かぶ回廊が目印となる。

その日、彼が墓地を通ったのは苦渋の決断だったと語る。

特殊実験棟で選択授業を受けたが、実験用プールに波を起こす装置の設定を誤り、安全装置が作動して強制シャットダウンしてしまった。再起動に時間が掛かる為、授業は休講とされ、彼一人が居残りで教師の手伝いをする事になった。

教師は注意こそすれ諄々《くどくど》と恨み言を聞かせはしなかった。けれども、彼は申し訳なさで萎縮《いしゆく》し続けていたし、再起動の作業は単純に重労働だった。

実験装置のランプが全て緑色に点《とも》った時、彼は安堵《あんど》で涙ぐんだ。手足が疲れ切って思うように力が入らないと自覚したのは教師に再度謝罪して外に出た後だった。

東の空に三日月が浮かんでいた。もう一歩も足を動かしたくなかった。同時に、早く風呂《ふろ》で汗を流し、食堂で腹一杯食べてベッドに倒れ込みたいとも思った。

今日だけだ。

彼は特殊実験機材棟前の道を南西に逸《そ》れて道なき道に分け入った。

初めの内は後方の明かりが林に充分差して、表通りと変わらず歩く事が出来た。暗いと感じたのは墓地の柵を越える頃だ。

黒く塗られた鉄柵が影に溶けて先端の高さが定かでない。彼はそれが膝《ひざ》よりは低かったと記憶していたので、大袈裟《おおげさ》に足を持ち上げて鉄柵《てつさく》を跨《また》いだ。

靴底に芝生を踏む感触がしてホッとする。墓石の周りは土だからだ。

仄かに明るいのは二方向。一方は行き先の校舎、もう一方は墓地の西の隅に建つ小屋である。今は見えないが小さな礼拝堂の様な外観をしており、新入生の間では毎年、祈禱《きとう》場だとか墓守の監視塔だと噂されるが、冬休みを迎える前には掃除道具が仕舞われているだけだと知れ渡る。

しかし、誤解されるのも致し方ない。尖塔《せんとう》の高窓が遠くの明かりを反射して、恰《あたか》も室内に蠟燭《ろうそく》が点っているかのように見えるのだ。

「小屋が西だから、右に見て真っ直ぐ」

彼は誰かに聞かれる事を恐れるみたいに声を潜めた。それでも声を出さずにいられなかったのは、自らを励ましていたのだと後に彼は振り返る。

緩やかな段々畑の様に、墓碑を一列過ぎるごとに僅《わず》かに地面が下がる。数字にして十センチほどだろう。上りは爪先《つまさき》を引っ掛けかねないが、下りは墓碑の柵を目印に足を下ろせば良い。

初代学長の墓碑、就業者の墓碑、あと一列、彼が終わりを意識した時だった。

「?!」

だるま落としの如く、膝だけ刳《く》り貫《ぬ》かれたかのような喪失感に襲われた。右半身がバランスを崩して、疲弊しきった足は自重を支えきれない。

彼はあっという間に転倒した。何が起きたのか頭が追い付かない。真っ暗な視界で無意識に光を探して首を擡《もた》げようとした彼の耳に、奇妙な音が忍び寄った。


キシ……キィイ。

扉の軋《きし》みの様な音は次第に高くなって谺《こだま》する。

キキキ、キシキキキ。


奇妙な音が笑声だと気付く頃、新たな疑問が彼を雁字《がんじ》搦《がら》めにする。

開けた墓地の何処に反響するというのか。

キャキャキャッ。

凡《およ》そ理性ある生物の声ではない。常軌を逸した獣の咆哮《ほうこう》だ。

「助けて！」

彼が立ち上がるや否や一目散に駆け出すと、行く手を阻む鉄柵に急《せ》く足を取られる。既《すん》での所で腕を突いたが、彼は顔面を強《したた》かに打ち付けた。

運悪く芝生に紛れた小石が頬に減《め》り込み、のたうち回る彼の体温を吹き荒《すさ》ぶ西風が奪い去った。

☆

「で、ここがその現場って訳」

吉沢が足元を指差した。

回廊を外れて下りた芝生の上、墓地を囲む鉄柵の出口付近に煉瓦《れんが》を四つ置き、それぞれを白いビニールテープで繋《つな》いで正方形を作る。

獅子王が傍らにしゃがんで目を凝らすと、芝生の一部が抉《えぐ》れて土が露出していた。

前半は瀬尾が、後半は吉沢が話してくれたのでイメージが一貫しないが、怪我をした生徒がひどく怯《おび》えていたのは毟《むし》られた芝生からも慮《おもんぱか》る事が出来る。転倒して必死で手に触れる物を摑《つか》んだのだろう。

獅子王は立ち上がって瀬尾を見上げた。

「質問が？」

「はい。瀬尾さんは論理的に物事を考えて、恐怖心で足がもつれて転んだ可能性を推すと思いました」

すると、吉沢が後ろから瀬尾の肩に腕を回して割り込んでくる。

「獅子王ちゃん、オレは？」

「吉沢さんの事はよく知りませんが、現実味より面白い方を取る気がします」

「素晴らしい洞察力だ。獅子王、君をスカウトしたオレの目に狂いはなかった」

吉沢が快活に笑う。言動に摑み所がなくて、獅子王は相槌《あいづち》を打ち損ねた。

「この人も一応は生徒会長だ。面白さを優先して現実を蔑《ないがし》ろにする事はない」

「そうなんだよ、一応ね」

瀬尾の皮肉にも聞こえる言い回しを吉沢が揶揄《やゆ》したが、瀬尾はどちらにも触れずに流す。肩を組まれている事すらどうでも良さそうだ。

「生徒会長が悪霊と称して犯人の存在を暗示したのは悦楽の為ではない。同様の被害が先月末から複数件報告されている」

「何人もここで怪我をしているのですか？」

「延べ八名」

「恐怖心で全てを片付けるのは些《いささ》か乱暴ですね」

獅子王が得心するのを見て、吉沢が瀬尾から腕を解《ほど》く。彼は人差し指を立て、空気を絡め取るように指先を回してみせた。

「次の台詞《せりふ》を予言しよう。『被害者が増えるまで学院と生徒会は手を打たなかったのですか？』答えは『試みた』」

獅子王はまだそこまで頭が回っていなかったが、答えを聞いてから否定するのも無駄な遠回りである。

「まず、地面を徹底的に調べた。一部の芝生を根ごと剝《は》がして落とし穴を掘り、再び芝生を戻して被《かぶ》せれば容易に人を転ばせる事が出来る。しかし、地面が掘り起こされた跡は見付からなかった」

「モグラの穴も？」

「ない。学院側は物置小屋に照明を付けて、クリケット場と特殊実験機材棟に墓地の通り抜けを窘《たしな》める張り紙をした。どっちも効果はなし」

吉沢の口調が暢気《のんき》な所為《せい》で、肩を落としてみせてもリアリティに欠ける。

「事件は養護教諭の相良先生が三人目を診た時、傷と説明の齟齬《そご》を不審に思って聞き出した事から発覚した。初めの二人は未《いま》だにシラを切っている。怪我をしていない生徒達は言うに及ばず、名乗り出もしない。被害は継続中だ」

瀬尾の補足との温度差で獅子王は寒気を覚えた。

否、これは危険に対する悪寒だ。被害が出ても注意を受けても、隠れて近道をする者が後を絶たない。放っておけばどのような形で被害が深刻化するか。

「被害者七人に共通点はない。次に狙われる生徒の予測が立たない現状だ」

「おそらく無差別だろうな」

墓地の背後の林から風が吹き下ろす。枯葉が墓碑に乗り上げてカサカサ嗤《わら》う。

「僕は何の為に呼ばれたのでしょうか？」

「長期戦になった時を見越して、残寮する生徒を対策チームに入れておきたい」

「理解しました」

獅子王は承諾を示し、白いビニールテープをはためかせる煉瓦を飛び越えた。

鉄柵の切れ間でお辞儀をして墓地に入る。墓碑は周りを一畳ずつの広さで区切って、横の間隔は獅子王の足で二歩幅、縦は三歩幅の等間隔に並んでいる。

西端まで行き着くと尖塔《せんとう》を備えた小屋が立っているが、両開きの扉に鎖が巻かれて南京錠で固定されている。扉縁に傘付きの洋燈《ランプ》を下げてあり、センサーの様な小窓が見えるから光度で自動点灯するのだろう。

小屋の裏手には現場保存に使われたのと同じ煉瓦とバケツに土が盛られている。墓碑の周りを掃いて出た土か、風で吹き飛んだ分の補修用かは分からない。物置の外壁の側面に暖炉の様な窪《くぼ》みがあり、水道の蛇口が備え付けられている。

獅子王は低い鉄柵に沿って外周を歩き、墓地を横切って地面の段差で立ち止まった。

「冬休み前に解決したいですね」

獅子王が呼びかけると、吉沢と瀬尾が同時に口を開きかけて互いに譲る。

「何か策が？」

二人が声を揃えて試すような笑みを浮かべた。

4

煎茶《せんちゃ》の香りが空気を和らげる。

薄青に塗装された板張りの壁に額縁に入った押し花が飾られている。白い窓枠に掛かるカーテンは白無地のレースで、カップボードやマガジンラックも刷毛《はけ》の筋を敢《あ》えて残した白塗装家具だ。

ソファにベージュ基調のクッション、ロウテーブルには苺《いちご》の柄が刺繍《ししゅう》されたレースのテーブルセンターが置かれて、個人宅の居間の様な風情がある。

どの寮も職員用区画に食堂と応接間を備えているが、寮母と寮監も住み込みで暮らしているのだから彼らにとっては紛れもなく個人の家で寛ぎの居間だ。だが、生徒がそこに立ち入る時は大抵、注意を受けたり悪い知らせを聞かされたりと、平穏とは程遠い状況である事が多かった。

黄色い湯呑《ゆの》みが木製の茶托《ちやたく》にちょこんと座り、茶盆に並べられる。

体格の良いスーツの父親、湊鼠色《みなとねずみいろ》に四季を描いた着物の母親、学生服の兄。

「どうぞ」

天堂がテーブルに湯呑みをひとつ置くと、母親が手の平で辞退して立ち上がった。

「私は先生方に御挨拶《あいさつ》して参ります」

「あら。それじゃあ、わたしがご案内しましょうね」

「え！　二宮さん」

動揺を隠せない天堂に、二宮は目尻《めじり》の皺《しわ》を下げて優しく笑いかけた。

「天堂さん、後をお願いします」

「え、あ」

「こちらへいらして。今日は校長先生も在校しているはずですよ」

二宮が扉を開けて母親と共に退室する。この扉が閉まる前に自分達も席を外すべきだろうか。日辻の隣で弓削も所在なさそうにしている。

「寮監」

日辻が呼びかけようとすると、声より速く天堂が距離を詰めてきた。

「お茶、君達も召し上がりますか？」

「でも」

「特別寮の寮監にもらった良いお茶です。ちょうど二人分余ってしまいますので」

天堂が差し出した茶托の上で湯呑みが小刻みに震えている。小振りな花を描き入れた白地の碗《わん》に鮮やかな茶の緑が映えて天堂の怯懦《きょうだ》を映すようだ。

新任寮監の彼も言うなれば新入生、気持ちは分かる。

(獅子王の事も気になる。親が寮まで来るなんて)

日辻は二人に向けた視線を素早く戻して、にこりと天堂に微笑み返した。

「いただきます」

日辻が茶托ごと湯呑みを受け取るのを見て弓削も倣う。天堂は微《かす》かに眉《まゆ》を開くと、残りひとつの湯呑みを持って一人掛けのソファに腰を下ろした。

「改めまして、青寮で寮監をしております。天堂と申します」

挨拶に応《こた》えて父親と兄が膝《ひざ》に手を置く。

人間という生物は、これほど美しく座する事が出来たのだろうか。

背筋は一筆で描いたように滑らかで、自然に下げた肩は肘《ひじ》から指先まで意識が行き届いているのが分かる。視線は正面に留《とど》めて顎《あご》を引いても窮屈さはない。脳という重量を積んだ頭がぽんと身体の上に載せられているかのようだ。

軽く開いた足は確《しっか》りと床を捉《とら》え、弛《ゆる》めた膝が腿《もも》と下脚を柔軟に受け止める。そして、それらの中心となって支える腰は不動でありながら重さを全く感じさせず、今にも機敏に駆け出せそうだ。

名前より顔より、その居住まいが彼らと獅子王と過ごした歳月を思わせる。

「私は獅子王祈《いのり》と申します。琥珀の父です」

「兄の翡翠《ひすい》です」

彼らは恭しく頭を下げ、倍の時間を使って面《おもて》を上げた。

「琥珀さんは何事にも熱心に取り組み、正義感も強く、とても頑張って――」

「社交辞令は結構」

父親の祈に突き返されて、天堂の穏やかな笑顔が凝り固まる。祈は構わず続けた。

「率直に申し上げます。我々は息子を連れ戻しに来ました」

日辻は密《ひそ》かに息を呑《の》んだ。

獅子王は学区外からの越境生である。

彼は準備校に入り、学校の支援を受けて身元保証人を探した。親が身元保証人の当てがない時に学校に頼るという話はよく聞くが、思えばこの方法は親を頼らずに身元保証人を探す事も可能になる。

（先月、獅子王が角崎先輩に摑《つか》みかかった時……）

日辻は思い出した。あの時、角崎は獅子王の実家の話をしなかっただろうか。

「琥珀は何処に？」

祈が天堂を見据える。強面《こわもて》から発せられる厳格な視線は、天堂の柔らかな雰囲気を斬り裂くようだ。

獅子王は、家族から逃げてシードゥス学院に入ったのではないか。

「理央」

弓削が硬い表情で日辻の肘を摑む。

「天堂先生。弟は部屋にいますか？」

「私は教師ではないので先生と呼ばれる立場ではないのですが、寮生を預かる寮監として、突然連れて帰ると言われましても、まだ一学期で中間考査の最中ですし」

「寮監」

「！　何でしょうか」

祈に険しく睨《にら》まれて、天堂が怯《おび》えたコノハズクの様に竦《すく》み上がった。

「息子が当家についてどのように話しているかは知りませんが、匿うのなら学院は親元から子を連れ去る誘拐犯も同然。法的措置も視野に入れます」

「誘拐……法……」

「親権を持つのは私です」

有無を言わさぬ厳粛な言葉が、聞く者の頭を押さえ付けるようだった。

5

噂が走る姿を初めて見た。

獅子王は芝生に片膝《かたひざ》を突いて風が逆巻く回廊を見遣《みや》った。

選択科目の試験が終わったらしい。校内から人の動く気配がして、回廊にも時折、生徒が通りかかっては奇異の目でこちらを忍び見てクスクス笑う。

「これが被害者のリスト」

手帳を開いて差し出す吉沢は芝生に寝転んでいる。左の肘を地面に突いて高枕にし、足だけ胎児の様に折り畳んで、自室にいるかのような寛ぎ様だ。

回廊に背を向けてしゃがむ瀬尾にも囁《ささや》き声は届いているだろうに、まるで動じないのだから寮長は頼もしい。

獅子王は吉沢に躙《にじ》り寄って手帳を覗《のぞ》き込んだ。

吉沢が一覧の上から指で差す。

「学年、寮、授業、クラブ、課外活動、出身校の順に書いてある」

「親しい友人に訊《たず》ねたが、趣味などの共通点もなかった」

「被害に遭った曜日と時間帯も一貫しない。近道と雖《いえど》もいつ誰が通るかは本人次第、不確定要素が多過ぎる。悪霊の標的は無差別の可能性が極めて高い」

吉沢が言った後、悪霊がいればの話、と付け足した。

繊維が寸断される音がする。瀬尾が芝生を引き千切って吉沢の足に振りまぶす。

「君の言う罠《わな》の作り方は納得した。獅子王、他に何を思い付く?」

「推測の域ですが」

獅子王は慎重に前置きをして吉沢の手帳に視線を落とした。

「被害者に共通点がひとつだけあります。事件が無差別だと前提した場合、共通点の示す意味は裏返り、犯人の痕跡《こんせき》とならないでしょうか?」

「成程ね」

頷《うなず》く吉沢の側頭部を突然、瀬尾が押さえて地面に沈める。吉沢は咄嗟《とっさ》に目を閉じたが抵抗はしない。

肩を怒らせて吉沢に覆い被《かぶ》さる瀬尾の背後に、ぼんやりと回廊が浮かぶ。並ぶ柱の向こうを歩く者はなく、ただ一人、茫然自失《ぼうぜんじしつ》と立ち尽くす生徒がいた。

「何を見ている――渦巳？」

瀬尾の声が耳に透る。生徒は青いネクタイを靡《なび》かせて足を一歩前に出した。

青寮四年、渦巳。瀬尾の調査に協力していた生徒である。

「聞き込みの途中で通りかかって。生徒会長がお怪我したのか？」

彼は数歩近付いて、瀬尾の肩越しに獅子王を捉えた。

「一年の。お前も怪我を？」

獅子王は声が出なくて首を左右に振った。渦巳が薄暗がりで眉を歪《ゆが》める。

「悪霊の仕業だな。ぼくも襲われた」

「二回」

獅子王がようやっと言葉を発すると、それが合図みたいに風が止んで墓地に静寂が満ちた。

確認された事件は八件、被害者リストには七人の名前があった。

二度、被害に遭った生徒がいるからだ。

墓地で奇妙な現象に遭遇し、怪我をした生徒が、懲りずに近道を選ぶだろうか。加えて、学院から警告が出ている状況である。

(もし違ったら)

獅子王は躊躇《ちゅうちょ》を握り締めて押し黙った。

盗作の咎《とが》で小鳥遊を言及した時のように、不充分な情報を拙《つたな》い推論で埋めて誤った結論を捏《でっ》ち上げる。正義と見せかけるのも烏滸《おこ》がましい愚かな言いがかりだ。

(僕が未熟だから傷付けた)

膝に置いた手が冷たい。指が硬くて握る事も開く事も出来ない。声を出そうとすると喉《のど》が灼《や》けるように熱くて乾いた吐息に掠《かす》れた音が絡み付いて漏れた。

「獅子王」

瀬尾が身を屈《かが》めて目線を合わせる。

「寮長」

吉沢が獅子王の手首を摑んで力強く震えを抑えた。

「心配すんな。オレの仕事だ」

「生徒会長」

吉沢が身体を起こす。渦巳が狼狽《うろた》えながら彼の傍に駆け寄った。

「大丈夫ですか？　お怪我の具合は」

「ない」

答えて、制服に付いた芝生を手で払う。吉沢は外周の鉄柵《てっさく》を飛び越えると、身を翻して人差し指で手招きをした。

「悪霊が人を転ばせた仕掛けを教えてやろう」

「本当ですか！」

渦巳が飛び付くように彼の後に続く。獅子王は瀬尾に促されて、時間を掛けて立ち上がった。

「人が足を取られるのは何故だ？」

「石に躓《つまず》いたり、窪《くぼ》みに落ちたりするからでしょうか」

「そうよなあ。オレ達も徹底的に凹凸を探した。見事に成果なしで泣いたね」

吉沢が涙袋の下に手を添えて苦笑いする。

「けど、ひとつ忘れてたんだよ。人が転ぶシチュエーション」

「そんなものがあるのですか？」

「段差だ」

吉沢が地面を蹴《け》って一歩退がると身長が十センチほど高くなった。

墓碑一列ごとに段々畑の様に緩やかな段差がある。墓地は獅子王が入学するずっと以前から近道に使われていたが、この十センチの高低差を踏み外して怪我をする生徒は一年に一人もいなかった。

ところが近日になって立て続けに八件。悪霊と囁かれるのも無理ない。獅子王の予想もまた、幽霊の様な仕掛けだった。

「石はプラスの段差、落とし穴はマイナスの段差だが、この世にはプラスマイナスゼロの段差がある」

「差がゼロなら平面では？」

「そう、平面さ」

クイズの正解を告げるように吉沢が指を鳴らした。

「十段しかない階段を、十一段あると伝えられて下りたらどうなるか。階段は十段で終わるが、脳はあと一段残っていると誤認する。無意識に下りる動作をした足は地面に弾《はじ》かれて、膝《ひざ》が衝撃を吸収しきれずにバランスを崩すだろう」

「そういうものですか？」

「渦巳は経験ない？」

吉沢が左足を段差から下ろし、引き上げて屈伸する。

規則正しい法則は人を守る。人の脳は反射より推測に頼る事で処理速度を確保しているからだ。一流選手ほど反復練習で脳に予測条件を刷り込み、だからこそ予測を外すフェイントが有効に働く。

「墓地を横切ると等間隔で同じ高さの段差が現れる。墓碑の柵《さく》を目印にすれば段差の位置は見当が付けられるだろう。悪霊はその規則性を逆手に取った」

「随分と人間に詳しい悪霊ですね」

「あはは、そうだなあ」

皮肉めかした渦巳の失笑に簡単に同意して、吉沢が再び左足を前に出す。先程と異なり、彼の身体が沈む事はなかった。

「段差の終わりに煉瓦《れんが》を置いて土で覆う。煉瓦の幅は二十一センチ」

「下りるつもりの足が煉瓦を踏んで体勢を崩すと？　踏ませる為の仕掛けにしては小さ過ぎて運任せに感じます」

「運任せでいいんだよ。近道をした全員が踏む訳じゃあない。けど、誰かは踏む」

「確率は低いでしょうね。それより、仕掛けの煉瓦が見付かる恐れの方が高いのではないでしょうか。ぼくが犯人なら心配でとても出来ません」

「そりゃあ物証を残しておくのは心配だろうさ。だから、悪霊は煉瓦を仕込んで小屋の陰で見物していた。笑い声が反響していたというから水道の窪みかな。そして、生徒が転んで逃げ出した後、煉瓦を片付けて帰るんだ。鼻唄《はなうた》でも歌いながらね」

吉沢が左足を退けて膝をたたみ、地面から煉瓦を拾い上げた。薄闇に浮かぶ姿、朗らかな微笑みは悪霊を牛耳る悪魔の様だ。

「なあ、渦巳。墓地で捻挫《ねんざ》したのに、どうしてまた墓地を通ろうと思った？」

「どうしてって……近いから」

「信じて欲しい？」

吉沢の笑顔が微《かす》かに目を開く。三日月に似た双眸《そうぼう》に捉われて、渦巳が大仰に半身を返した。

「せ、瀬尾。生徒会長は何を巫山戯《ふざけ》ているんだ？　お前も止めてくれ」

墓地から颪《おろし》が吹き下ろす。渦巳が必死の形相で訴えかける。縋《すが》るような圧力が獅子王にまで叩《たた》き付けられて、皮膚が帯電したように痺《しび》れ、産毛が寒気で逆立つ。

獅子王がリストで彼の名を示した所為で。

折れそうになる獅子王の前に長身の壁が立ち、向かい風を遮った。

「私が止めるべきは君だ、渦巳」

見上げると、瀬尾が端然と前方を見据えていた。

「聞き込み中に通りかかったと言ったが、どうして私の陰に倒れる人が生徒会長だと断言出来たのか。生徒会長が怪我をしたらしいと生徒の会話を耳に挟んで駆け付けたのではないか？」

「……だったら何だというのだ」

「君は来るしかない。事故を成立させる絶好の機会だ」

事実、煉瓦の罠《わな》は仕掛けられていない状況だ。吉沢の怪我が事故と証明されれば、他の生徒も本人の不注意と主張出来る。

しかし、噂は故意に走らされた。

『生徒会長が怪我をしたらしい』

渦巳が犯人でなければ続報を待っただろう。犯人だけが墓地に来なければならなかった。現場が墓地か否かを確かめる必要があったからだ。

「相楽先生に異変を知られた時、君は自分が疑われないよう四人目の被害者になった。そうやって身の安全を確保して悪戯《いたずら》を重ねたが、運悪く煉瓦を仕掛けている最中に他の生徒が通りかかってしまった」

「まさか……見て……」

「君は即座に蹲《うずくま》り、七件目の被害者を演じるしかなかった」

「あの時、いたのか？　瀬尾」

渦巳がふらふらと墓地を出てくる。鉄柵の端にズボンが引っかかって彼を繋《つな》ぎ留めたが、布が破ける音がして渦巳の手が瀬尾に届いた。

骨張った指が瀬尾の肩を鷲掴《わしづか》みにする。

「見ていたならどうして止めなかった。何故、今更蒸し返すんだ！」

「見られていなかったとしたら、続けるつもりなのか？」

「違う！」

弾かれたように渦巳が瀬尾の肩を突き飛ばす。獅子王は反射的に彼を受け止めようとしたが、瀬尾は半歩蹌踉《よろ》けただけで渦巳から目を離しはしなかった。

渦巳が両手で頭を抱える。肘《ひじ》を絞り、鎧《よろい》で自身を庇《かば》うように。

「あと一年しかない。お前もわかるだろう、瀬尾。来年には最上級生になる。学院の外に付き合いを広げて大人と渡り合わないとならない。学院では優秀な先輩として振る舞い、後輩にボロも出せない」

「それが上級生だ」

「去年までは挑戦して失敗して笑っているだけでよかったのに、急に！　身の丈に合わない見栄《みえ》を張って、ここで作った人脈が一生を左右する。期待しないで欲しい。信用しないで欲しい。息苦しくて死にそうだ」

渦巳の手が投げ遣《や》りに髪を掻《か》き乱す。整えられた前髪が額に流れて目元を覆った。

「教室にいるのも疲れて墓地で休んでいたら間抜けに転ぶ五年生がいた。最初は事故だったんだよ。スッとしたね！　ぼくだけじゃない。皆もまだ子供じゃないか」

「取り返しの付かない怪我をしていたらどう申し開きする気だ」

「たった数年、在学時期が被《かぶ》ったに過ぎない赤の他人に？　ぼくは顔も名前も覚えていない。向こうもぼくを知らない。仮面を着けてすれ違っているようなものだ」

瀬尾が顔を曇らせたのは獅子王と同じ理由だろうか。

渦巳の中に矛盾がある。

学院を基盤にした人脈を築かなければならない強迫観念に囚《とら》われながら、学院の生徒を雑多な存在と片付けようとする。無意識か意図してか、渦巳は人を選んでいる。人生に加える者に物怖《ものお》じし、忘れて過去に置き去る者を見下して、他人を自分の周りに都合よく配置している。

渦巳の矛盾は、彼にとって便利なダブルスタンダードだ。彼の認識下に於《お》いて彼自身は飽くまで社会の被害者でしかない。

どう話せばいいのか。途方に暮れる獅子王の視界を、瀬尾の広い背中が占めた。

「私は墓地で君を見ていない」

「騙《だま》したのか？」

渦巳の勘違いに瀬尾が頭《かぶり》を振る。

「事件と関係なく同寮の友人として話す。渦巳。誰にでも親がいて友がいる。二度と会わない赤の他人でも、君の知らないところで誰かが悲しむと想像出来ないか」

「其奴《そいつ》らの未来の為にぼくが我慢しろと？　そんな義理はない」

「大ありだぞー」

吉沢が墓地の段差を二歩ずつで下りて鉄柵《てっさく》の間際に立った。渦巳の侮《あなど》る表情が途端に及び腰になる。吉沢が親しげに笑った。

「被害者が仮にお前の親の客だったら？　お前が入りたい会社の子供だったら？」

「そんな偶然」

「ないと言い切れるか？」

吉沢の声が眼差《まなざ》しと共に引き絞られ、蛇に睨《にら》まれた蛙の様に渦巳が蒼白《そうはく》になる。

生徒会長との関係は間違いなく今後の学院生活に影響する。赤の他人だという生徒に悪戯をして怪我を負わせた事で、彼は生徒会長に睨まれる結果になった。今まさに実感しているだろう。

吉沢が本のページを捲《めく》るように笑顔に返る。

「人は必ず何処かで自分に繋がる。全員と仲良くする必要はないが、一時のストレス解消と引き換えに人生の不利を背負い込むなんてくだらないだろ」

「は……はい」

「うん」

吉沢が気さくに渦巳の肩を叩いた。

「心配するな。学院は生徒の過ちに寛容だ。社会で失敗するよりやり直しやすい」

「ぼくはまだ許されますか？」

「謝る練習ならすぐにでも出来るぜ」

「あっ」

渦巳が声を呑《の》んで振り仰ぐ。

「瀬尾」

呼ばれて、瀬尾が僅《わず》かに首に筋を立てる。

「ひどい言葉を投げ付けた」

「そうだな」

「し、信じてもらえないと思うけど、寮長だから許しを乞《こ》う訳じゃない。お前がぼくの将来に役に立たなくたって、お前達と話して笑って過ごした三年はぼくの人生を明るくしている。その記憶まで壊したくないんだ」

「信じる」

「……ッ、ごめん。ありがとう」

渦巳は両の瞼《まぶた》を固く閉じると、吉沢に付き添われて回廊へと上がって行った。

墓地に静穏が帰ってきた。

肌寒い夜気。優しい風が短い芝を撫《な》で、木立が密《ひそ》やかに揺れる。詰まった息を吐き出すと頭上に広がる星空が身体に溶けた。

冴《さ》えた月明かりは瀬尾の眼差しに似ている。

「獅子王、助かった。礼を言う」

どう致しまして。他愛無い決まり文句が喉《のど》に閊《つか》えて出て来ない。

獅子王は彼の感謝を受け取れない。

話を聞き、推理を試み、意見を言って、責任だけを放棄した。自信のなさと傷付ける恐怖に耐えられず、発した言葉を自分から切り離して吉沢と瀬尾に押し付けた。

真実を誤ろうが正しかろうが、獅子王には苦い後悔しか残っていない。

瀬尾が煉瓦《れんが》を小屋の裏手に片付けて、獅子王の前を通り過ぎる。

「行くぞ、獅子王」

獅子王は親指で目頭を拭《ぬぐ》い、回廊から帰路に着こうとした。

行く先々の校舎の明かりで仄《ほの》かに照らし出される回廊は、一般教室棟と専門授業棟、職員棟を結んでおり、夜間の時間帯に入ると教員の行き来が多くなる。

特に職員棟には業者の出入りもある為、見慣れない部外者が歩いていても生徒は驚く事なく、教員と同じように挨拶《あいさつ》をしてすれ違った。

彼女達も生徒の挨拶に会釈を返して、不意に耳を欹《そばだ》てた。

「『獅子王』、琥珀？」

獅子王もまた、柱の間から斜向かいの回廊に立つ着物の来訪者に目を留めた。

「お母さん」

ないはずの一段。いるはずのない人。

獅子王の膝《ひざ》が笑って抜け落ちそうになった。

6

弓削は気に入らなかった。

同時に、内心では本能の部分が既に白旗を上げて平伏している。

「親権を持つのは私です」

獅子王の父、祈が言い放つと、まだ若干だが維持されていた会話の体裁が完膚なきまでに粉砕された。

天堂が場繋《ばつな》ぎのように湯呑《ゆの》みに手を伸ばし、取り損ねて茶托《ちゃたく》に雫《しずく》を散らす。

「すみません」

慌てて茶の掛かった指を振る彼に、獅子王の兄、翡翠が学生服のポケットから懐紙ケースを取り出して一枚、

「よかったら使って下さい」

「あ、ありがとうございます」

天堂が懐紙を受け取って濡《ぬ》れた指を当てる。

弓削は混乱する思考を洗濯機の様に回転させて、遠心力で無駄を削《そ》ぎ落とした。

(獅子王は親に反対されて、越境生制度で身元保証人を探して、入学して)

シンプルに明快化する。

(親が迎えに来て、獅子王が学院を辞めるって事?)

考えが及んだ瞬間、弓削は首を真横に回して日辻を見上げた。

日辻は祈を見据えて下唇を噛《か》んでいる。

その横顔は、小学生の頃に見た事があった。上級生が幼等部の子が作った砂山を面白半分に壊した時だ。日辻も弓削も当時は身体が小さくて上級生には到底敵《かな》わない。日辻など前週に上級生に進言して水溜《みずた》まりに投げ飛ばされたばかりだった。

あの頃、弓削は彼が何故そんな顔をするのか分からなかった。くだらない嫌がらせをする上級生に幻滅はしたが、幼等部の子らには何の義理もなかったし、まだ紳士という概念も知らなかった。

(紳士とか関係ないな)

弓削は湯呑みを日辻に持たせ、天堂の背後に移動した。

「質問。どうしてパパさんが決めるんですか?」

「何かね、君は」

「弓削さん」

祈が厳つい眉《まゆ》を吊《つ》り上げる。天堂が上体を捻《ひね》ってソファの背凭《せもた》れに縋《すが》り付く。

弓削は両手を背中で組んで祈と翡翠を見つめた。

「獅子王と同室の弓削幸希です。親権ってのは親が子を虐げる権利じゃありません」

「！」

やらかした、と思うくらい天井の隅まで刺々《とげとげ》しい空気が充満した。だが、弓削は撤回するつもりはなかった。どう考えても祈達の方が奇妙《おか》しい。

弓削が仁王立ちしていると、日辻が早足で近付いて来る。彼は湯呑みをカップボードに置いて祈と翡翠の方へ向き直った。

「琥珀君と同室の日辻理央です。ぼくも、親権は親が子供の権利を守る為のものだと思います」

「無礼な。シードゥス学院は国内最高峰の教育機関と聞いていたが、評判の一人歩きだったようだ。息子には即刻、荷物を纏《まと》めさせます。翡翠も来なさい」

「はい」

祈に続いて翡翠も立ち上がる。

「獅子王さん。申し訳ありません」

天堂が慌ててソファを立ち、二人を追い越して扉の前に立ち塞《ふさ》がった。

彼は真っ青な顔で冷や汗を額に滲《にじ》ませて、忙《せわ》しなく左右の手の指を組み替えている。

祈が見せ付けるように不機嫌を前面に押し出して天堂を睨《ね》め付けた。

「どういう了見だね。親子を引き裂くと言うならこの場で弁護士に連絡させて頂く」

「どうぞお構いなく！」

天堂が勢い余って日本語を選び損ねる。彼は目を回して狼狽《うろた》えたが、ドアノブを後ろ手で押さえて腹を括《くく》るように喉仏《のどぼとけ》を上下させた。

「学院は生徒を守る義務があります。生徒の学習と自由を妨げる方には仮令《たとえ》、親族でも会わせる訳にはいきません」

「退《ど》いて頂きたい」

「お断りします」

天堂の声は細く捻《ねじ》れ、瞳《ひとみ》に涙が浮かぶ。

弓削は日辻と頷《うなず》き合うと、壁に体を滑り込ませて天堂と共に扉を塞いだ。

祈がアーモンド形の目を殆《ほとん》ど真円に剝《む》いて眼球を動かす。弓削と日辻、天堂を睨《にら》める眼光には殺意すら感じる。翡翠は冷静に他の出口を探して室内を見回している。


カチャリ。

時が止まったように膠着《こうちゃく》する沈黙を、ドアノブの回転する音が動かした。

回答

☆　☆　☆

卒業まで五年間、顔を合わせる事はないと心に決めて家を出た。その日暮らしの旅暮らし、いつか大人になるまで仮の住まいを転々として生きる覚悟だった。

職員の応接間に集う顔ぶれはいずれも見慣れていたが、一堂に会し得ないと無意識に思っていたのだろう。次元が歪《ゆが》んで家族と寮が混じった異空間の様な光景に、獅子王は妙に意識が鎮まるのを感じた。視界が広い。

「寮監。家族がお騒がせして申し訳ありません」

低く頭を下げると空気に細波が立つ。獅子王は腿《もも》に添えた手を起点に上体を引き起こし、肩を二人の方へ開いた。

「日辻、弓削」

友人と呼んで許される気はしていた。まさか、自分の為に父に刃向かってくれるとは考えもしなかった。

「ありがとう」

礼を言った視界の端に素早く動くものが入り込む。

獅子王は日辻と弓削を背に庇《かば》い、左腕を持ち上げて影を払おうとした。が、相手は腐っても当主にして師範代だ。まだ敵わない。
・
祈が岩の様な手で獅子王の腕を捕らえた。久しぶりに会う父は変わらず大きく、発する威圧感は嵐の前の暗雲にも勝る。自分によく似た瞳の奥で怒りが稲光みたいに迸《ほとばし》って弾《はじ》け、口から発する音は呼吸ですら雷鳴の轟《とどろ》きを彷彿《ほうふつ》させた。

「お父さん」

「獅子王家の嫡子が家出をしたとあっては沽券《こけん》に関わる。分からないのか」

裸足《はだし》で足を捌《さば》く道場の床の冷たさを思い出す。

「シードゥス学院は立派な学校です。家名に泥は塗らないと考えます」

「親に無断で入学を決めたというだけで充分、面子《メンツ》を潰《つぶ》す行為だ」

祈は獅子王の肘関節《ひじかんせつ》を捻って腕を下ろさせる。獅子王は抵抗したが、力の差に加えて下から押し返す態勢が一ミリの猶予も与えなかった。

「金は誰に無心した。うちの看板を狙う分家の連中か」

「あんな人達に誰が頼るものか」

獅子王は左足を踏み込んで腰を入れた。腿と脹脛《ふくらはぎ》をバネにして膝を押し上げ、肘《ひじ》を内側に入れる。祈の手に隙間が生じる一瞬を狙って右手を突き出した。

左腕は緩んだが、父も然《しか》る者、右の拳《こぶし》は分厚い手の平で止められてしまう。

万力で締め付けるように握り込まれた祈の指が、獅子王の薄い手の甲に減《め》り込んで骨が軋《きし》んだ。

「折れちゃうよ！」

弓削が泣きそうな悲鳴を上げる。日辻が身を乗り出した。

「やめて下さい」

「何も知らない子供が、大人の深慮に口を挟まないでもらいたい」

断固とした拒絶。祈の常套句《じょうとうく》だ。獅子王の不安も迷いも撥《は》ね付けて、祈はいつも自分が正しいと信じる道しか見ていない。

譲らない、退けない。

「お父さん」

均衡を破ったのは翡翠だった。

獅子王が家を出てからまた声変わりをしたのだろうか。記憶の彼より声が僅《わず》かに低く掠《かす》れている。

「ぼくに琥珀と話をさせて下さい」

「……いいだろう。分からせてやれ」

祈が獅子王を放す。解《ほど》かれた拳がじわじわと痛んだ。

「琥珀」

「兄さん」

翡翠が躊躇《ためら》いながら獅子王の手を取った。

「琥珀は昔から我慢強い。けれど、それは傷付かない事とは違う」

彼の冷たい手が骨に入り込んだ痛みを和らげる。優しい兄の方こそ人の分まで苦しんで傷を負う人だ。

翡翠の頬肉が引き攣《つ》って、眦《まなじり》から抑えた感情の欠片《かけら》が零《こぼ》れる。

「何も言わない琥珀に甘えて無理をさせていたのではないかと何度も後悔した。頼りない兄だけど、ぼくが改めて琥珀が心安く過ごせる事があるのなら、どうかぼくの為と思って言って欲しい」

「兄さんは強い人です！　僕はただ、顔が」

「顔？」

翡翠が小首を傾げる。室内の全員が耳を傾けたのが伝わる。

言いたくなかった。頼りないなどと兄に言わせない為に家を出たのに、結局は獅子王が彼に心を痛めさせている。

獅子王は兄の冷えた手を退けて、誰からも遠いソファの奥に歩を移した。

レースのカーテン越しに冬の夜気が忍び寄る。悪霊が無数の腕を伸ばしているかのような悪寒がした。

「僕は顔が父さんの若い頃に瓜《うり》二つだと言われます。親戚《しんせき》中、門下生、御近所の方々まで、将来は父さんの様になるのだと、獅子王家は安泰だと言って僕に期待の眼差《まなざ》しを送るのです」

日々の挨拶《あいさつ》で気安く言う。閑話の合間に煽《おだ》てて笑う。酒が入ると声高になる。いつ兄の耳に届くかと思うと、獅子王は生きた心地がしなかった。

「うちには兄さんがいるのに。兄さんは僕より賢くて、努力家で、武の腕だって決して他の門下生に劣っていないのに、僕の顔が父さんに似ている所為《せい》で僕が跡取りのように言われるのは耐えられません」

兄に七光は必要ない。彼自身の光で溢《あふ》れている。にも拘《かかわ》らず、顔などという天与の偶然で獅子王が影を作って兄の居場所を奪うなどあってはならない罪悪だ。

獅子王は両手で顔を覆った。

「こんな恩恵、要りません。僕に道場を継ぐ意志はないと皆に伝えて下さい」

「琥珀」

翡翠が気遣っているのが声音で分かる。いっそ罵《ののし》って見捨ててくれればいいものを。

頭を上げられない獅子王に、翡翠が優しい沈黙で言葉を選んだ。

「それ、ぼくも言われている」

「……え？」

獅子王は手を弛《ゆる》め、首を擡《もた》げた。

目が合うと、翡翠が面映《おもはゆ》そうに視線を逸《そ》らす。

「『翡翠はお母さんにそっくりだ。しっかり者で賢くて、獅子王家は安泰だ』って」

どういう事だろう。獅子王を煽てて持ち上げる者達と同じように、兄にも彼に後を継がせんとする人々がいるのだろうか。

「………派閥？」

「そんなもの、うちにはない」

祈の胴間声が獅子王の混迷を吹き飛ばした。

「分家は武の道を離れて独立した。お前達どちらが道場を継いでも誰も得をしない、損もしない。私の代で看板を下ろそうが一向に構わない」

「でも、僕の顔を見る度に」

「大人の戯言《ざれごと》だ。大方、挨拶《あいさつ》代わりか酒の肴《さかな》だろう。いい天気ですねと言われてお前はいちいち全人類の都合を考えるのか」

それは定番の決まり文句。思慮を伴わない条件反射。

「『いい雨ですね』と言われたら『パンが美味《うま》い』と答えます」

「何だそれは」

「学院に受け継がれるジョークです」

「同じ事。冗談を真に受けて家まで出るなど大袈裟《おおげさ》な。馬鹿げている」

祈が太い腕を組んで息を巻く。

風邪をひいたみたいだ。額が火照って耳が熱くて頭の付け根がくらくらする。穴があったら入りたい。獅子王はソファの陰に身を沈めて蹲《うずくま》った。

「失礼ですが」

日辻の口調がまだ刺々《とげとげ》しい。獅子王がソファの背凭《せもた》れから目から上を出して覗《のぞ》くと、日辻と弓削が憤然と祈に対峙《たいじ》している。

「大人を手本にしろと教えておいて、都合のいい時だけ信じるなと言うのは勝手ではありませんか？」

「普段は子供扱いする癖に、文句言う時だけ子供も一人の人間とか対等に扱うとか言うんだよな。大人のじょーとーく」

祈が喉《のど》の奥で唸《うな》る。獅子王は膝《ひざ》を立ててもう七センチ、視界を引き上げた。

「お前が家を出る前にもっと話をするべきだった」

道場で散々向かい合ってきた父の顔立ちが見た事のない表情をする。不満と自戒を綯《な》い交《ま》ぜにしたような、ともすれば鏡で見る顔より幼い。

「琥珀。一人で隠して頑張って、寂しかっただろう？」

翡翠が獅子王に寄り添って立ち上がらせる。

「帰って来なさい、琥珀」

祈の言葉は乞《こ》い願うようで、翡翠の眼差《まなざ》しは温かい。

「今まで一緒に暮らして来たのに」

「家族も同じ気持ちだよ」

悄気《しょげ》る弓削を日辻が宥《なだ》める。

獅子王が視線の行き場を探すと、戸口で静観する母、紬紀《つむぎ》の姿が遠く見えた。

「学校はどういった扱いになりますか？」

「転校する場合……でしょうか」

尋ねた彼女に、天堂が返答を躊躇う。

彼の戸惑いを掬《すく》い取るように、二宮が穏やかに微笑みを浮かべた。

「私共は生徒の意思を尊重します」

何故だろう、二宮の佇まいは変わらず柔らかいのに、聡明《そうめい》で強い校長、水上の気高さが脳裏で重なる。

「シードゥス学院の生徒は琥珀さんです。生徒の御家族は学院には無関係、暴力を振るう人は勿論《もちろん》、善良な親御さんであったとしても、学院は生徒を守ります」

背骨に芯《しん》を通したような言葉は声音も意志も毅然《きぜん》として揺れない。二宮は獅子王を寛厚な眼差しで受け止めて、皆の想いの真ん中に置いた。

「獅子王さん、あなたの考えを聞かせて下さい」

急に思考が纏《まと》まった訳ではない。獅子王の困惑は冷めやらず、恥ずかしさも迷いも混在していたが、気付くと言葉が零《こぼ》れ落ちていた。

「僕は未熟で、失敗を何度もしました」

思えば入学早々、先輩に噛《か》み付いて瀬尾には迷惑を掛けた。弓削と日辻を個人として認識したのもその時だった。

「登校するのが億劫《おっくう》な日もありました。人に嫌われる事もありました」

ある件では獅子王の根も葉もない風評が広まり、見知らぬ生徒にまで指を差された。

初めて知る世界、初めて触れる感情とも出会った。

「けれど、僕は一度たりとも孤独ではありませんでした。瀬尾さん、弓削、日辻、学校の人達だけでなく、寮の行田さん、天堂さん、二宮さん。皆が僕を認めてくれます。褒めてくれます。頼ってくれます。迎えてくれます」

実家は獅子王の生まれ育った故郷だ。しかし、今は自分がいなくなった青寮を想像出来ない。

獅子王は詰まる吐息を俯《うつむ》いて呑《の》み込み、顎《あご》を上げた。

「ここは最早《もはや》、僕の家なのです」

未熟な分だけ学んで行こう。積み重ねていつか辿《たど》り着こう。

「ぼくはシードゥス学院に残ります」

「琥珀」

祈の瞳《ひとみ》が落胆に似た悲しみの色に翳《かげ》る。紬紀は平素から感情を表に出さないが、愁《しゅう》眉《び》に隠す憂いは遠目にも読み取れた。

小鳥遊は言った。家族は光、光は繋《つな》がり。光を利用出来ない者は恩恵が失われて期待だけが残ると。吉沢は言った。誰にでも親がいて、友がいて、その繋がりを忘れてはならない。

けれど、獅子王は獅子王でしかない。自分にしかなれないのだ。

「僕は自分で道を選びました。でも、父さんと母さんの子で、兄さんの弟である事に変わりはありません。どうか標《しるべ》の光となって見守って下さい」

祈が背を返す。広い背中が獅子王を遠ざける。

「琥珀、帰っておいで――」

翡翠が囁《ささや》くように語りかける。

「――いつでも、好きな時に」

「兄さん」

「琥珀がいて喜ばない人は獅子王家にはいないのだから」

獅子王は籠《こ》み上げる気持ちを抑えて頷《うなず》いた。

「私は最初から反対していません。授業料も私個人の収入から振り込んでいます」

紬紀のしれっとした告白に、祈が顎が外れるほど大きく口を開く。

「何故それを言わない」

「琥珀には好きにさせたのだから貴方《あなた》と翡翠も好きにすればいいと思いまして。どうせ御自分で琥珀の口から聞かないと納得しないでしょう?」

紬紀の放任主義が獅子王には何だか懐かしい。彼女は獅子王の傍に来ると、着物の袖《そで》が折れるのも構わず小さな身体を腕にかき抱いた。

「琥珀、会えて嬉《うれ》しかった。体に気を付けるのですよ」

「お母さんも」

友人の前で甘やかされるのは気恥ずかしい。獅子王は素っ気なく答えて離れた。

祈は頑《かたく》なに顔を見せようとしない。

「お父さん」

獅子王の呼びかけにも、祈は振り返らなかった。彼は肩肘《かたひじ》を張って戸口に向かい、ドアノブを握って、不意に風船が萎《しぼ》むように肩を下ろす。

「正月くらいは帰って来なさい」

扉が閉まるまで反芻《はんすう》して漸く意味を摑《つか》めるくらいの早口だった。

エピローグ

樅《もみ》の木が運ばれていく。

軽トラックの荷台に載せられて、タイヤが地面の凹凸を捉《とら》える度に青々とした葉が揺れる。幹を固定した足元には材木や大量の紙袋が詰め込まれて、溢《あふ》れた金色のモールが荷台の縁から垂れ下がっていた。

「特別寮かなあ」

「しかないね」

弓削と日辻が物見高く樅の木を見送る。

結局、クリスマスは寮に残る事にしたので、夕食会で交換するプレゼントを考えなければならない。獅子王は売店の陳列棚を思い浮かべながら歩道を右折した。

「食堂で七面鳥が出るんだって。理央は毎年丸焼きだし、オレもクリスマスしたい」

「俺が焼かれるみたいな言い方するな」

日辻が抗議したが、弓削は意に介さない。

「獅子王の家はクリスマスしてた？」

「道場で歳収めはする」

「何をするの？」

「年内最後の稽古《けいこ》をして、皆に餅《もち》を配る」

「餅かあ。美味《おい》しいけど」

弓削の理想のクリスマスとはかけ離れていたらしい。

七面鳥、樅の木、暖炉に靴下、プレゼント。

「サンタクロースのシステムを知ったのは最近だが、プレゼントはあった。母が弁護した人の家とそこの子達にプレゼントを届けながら挨拶《あいさつ》回りをして、最後に僕と兄の分を持ち帰ってくれる」

「獅子王のお母さん、弁護士なの？」

日辻が歩調を乱した。法曹の進路に関心があるのだろうか。

「僕が生まれた日も入院前に無罪を勝ち取ったと聞いている」

「意外というか、納得というか」

感嘆する日辻に構わず、獅子王と弓削は道路の反対側を歩く同級生に手を振った。

葉を散らした銀杏《いちょう》並木は寒々しい。

楓《かえで》の赤も茶に移り変わる。

「獅子王、年明けちょっとだけ早く戻れない？　オレん家《ち》、泊まりに来いよ。理央も来られるし、徹夜でゲームしようぜ」

「俺の予定を勝手に決めるな」

「じゃあ、当日ピンポンする。『理ー央君、あーそーぼー』って言う」

「……行くから前の日に連絡して」

「了解」

間もなく現れたのは見慣れた四階建ての擬洋風建築。下見板が風雨に晒《さら》され、修繕をくり返し、歳月をその身に刻む。

獅子王が過ごす長く短い五年間はどんな軌跡を描くのだろう。

「楽しみだな」

日辻が首肯し、弓削が満面に笑みを広げる。

獅子王は制服の合わせに引っかかった青いネクタイを直し、清々と前を向いた。

本書は書き下ろしです。

私《し》立《りつ》シードゥス学《がく》院《いん》Ⅲ
小《ちい》さな紳士《しんし》と秘密《ひみつ》の家《いえ》

高里《たかさと》椎奈《しいな》

令和3年 12月25日　初版発行

発行者●青柳昌行

発行●株式会社KADOKAWA
〒102-8177　東京都千代田区富士見2-13-3
電話　0570-002-301（ナビダイヤル）

角川文庫 22964

印刷所●株式会社暁印刷
製本所●本間製本株式会社

表紙画●和田三造

●お問い合わせ
https://www.kadokawa.co.jp/（「お問い合わせ」へお進みください）
※内容によっては、お答えできない場合があります。
※サポートは日本国内のみとさせていただきます。
※Japanese text only

ISBN 978-4-04-111965-5　C0193